वसंत वाटिका

विनोद अग्निहोत्री

KAVYA
PUBLICATIONS

Publisher:

SDR INNOWAYS INDIA PVT. LTD.
667, Rajaward, Kulpahar, Mahoba - 210426

Imprint:
KAVYA PUBLICATIONS
Plot No.107C, Hanuman Khand, Gulabvatika, Behta Hazipur, Loni-UP (Near Dilshad Garden Delhi) NCR -201102

Mob. : 7905266820
Website : www.kavyapublications.com
E-Mail : info@kavyapublications.com

ISBN : 978-93-6431-768-9

Year : 2025

This book is printed at MTL and published by author Ajay Agrawal, CEO of SDR Innoways India Pvt. Ltd. Kulpahar Mahoba with its imprint and centre, Kavya Publications Delhi.

राम

इनके राम, उनके राम, सबके राम, मेरे राम,
कैसे हो तुम, कहाँ बसे हो, करते हो क्या आराम।

कैसे राम बुलाऊं तुमको, करता श्रम, पर हूँ नाकाम,
विपदायें तो बहुत बड़ी हैं, क्या तुम इनसे घबराते राम।

अगर नही तुम घबराते हो, लो कर मे चाप, तानो बान,
दुष्टों का तुम दलन करो, सन्ताप हरो तुम जग का राम।

पीड़ित जन सब बुला रहे हैं, करो देर मत सबके राम,
नेत्रों से हैं अश्रु झर रहे, अब तुम भी द्रवित बनो हे राम।

अपना तो तुम भवन बना रहे, दीन जनों का कर लो ध्यान,
इनके घर भी तुम बनबाओ, मान रहे जो तुमको भगवान।

डा.अमरेश कुमार

शुभकामना संदेश

अत्यन्त हर्ष का विषय है कि हमारे सर्वप्रिय, संवेदनशील, विनम्र, ऊर्जावान और प्रतिभावान सदस्य साथी श्री विनोद अग्निहोत्री का हृदयग्राही काव्य संग्रह "वसंत वाटिका' मूर्त रूप ले चुका है और शीघ्र ही कविता प्रेमी पाठकों के हाथ में होगा।

सीनियर सिटीजन्स वेलफेयर एसोसियेशन के माध्यम से पिछले बीस वर्षों से मेरी विनोदजी से अंतरंग मित्रता है और मेरा परिचय उनसे यही कह कर कराया गया था कि वह डायरेटक्टर इंडस्ट्रीज के उच्च पद से ससम्मान सेवानिवृत्त हुए हैं। लेकिन शनैः शनैः मुझे उनके रचनाधर्मी संवेदनशील कवि रूप के भी दर्शन हुए और उनके द्वारा रचित गीत और कवताऐं सुनने और पढ़ने का सुअवसर मिला तब ज्ञात हुआ कि वह काव्य जगत के भी दीप्तिमान नक्षत्र हैं, जिन्हें अपने देश की विभिन्न साहित्यिक संस्थाऐं सम्मानित और पुरस्कृत करके स्वयं को धन्य मानती रही हैं।

श्री विनोद अग्निहोत्री जी ने अपने हृदय के मनोभावों को सीधी-सादी, सरल और सुबोध भाषा में पाठकों और श्रोताओं तक पहुंचाया है। जिन्होंने उन्हें काव्य मंचों या गोष्ठियों में कविता पाठ करते सुना है उन पर उनके प्रभु प्रेम, कोमल मनोभावों, समाज की समस्याओं की गहरी समझ, पर्यावरण संरक्षण के प्रति प्रतिबद्धता ने गहरी छाप छोड़ी है।

"वसंत वाटिका" में जहां एक ओर "राधा-कृष्ण के प्रेम गीत और 'राम' जैसी भक्ति रस से सराबोर कविताऐं हैं तो दूसरी ओर 'श्रमिक की व्यथा', मेरा गांव, हमारी नम सेना, नेता, आरक्षण का दर्द आदि कविताऐं देश के प्रति उनके समर्पण को दर्शाती हैं। साथ ही "आओ सावन हो जाएं", प्रेमी की पुकार, मन की पीर जैसी कविताऐं श्रृंगार रस में गोते लगाते उनके कवि हृदय की कोमल भावनाओं का दर्शन कराती हैं।

आशा है उनका काव्य संगह पाठकों को सुखानुभूति देगा। भविष्य में उनकी काव्य-सरिता इसी प्रकार अनवरत बहती रहे, यही कामना है। उनके सुखी, स्वस्थ रचनाधर्मी जीवन की शुभेच्छा के साथ-

(डा.अमरेश कुमार)
पूर्व अधिष्ठाता/पूर्व कुलपति
गो.ब.पंत कृषिविश्वविद्यालय,
पंतनगर (उत्तराखण्ड)

अनुक्रमणिका

मय्यसर

चाहता तो बहुत कुछ था, मैं परवरदिगार से,
मय्यसर उतना ही हुआ जो लिखा था हिसाब से।

प्यार को भी प्यार ही मयस्सर हो यह जरूरी तो नहीं,
बेवफाई एक नियामत है, हर किसी को मयस्सर नहीं।

अभी न होगा मेरा अंत

पुंज हूँ मै पाप का, पर इच्छाये है, सुख की अनंत,
प्रति क्षण चिंतन करूँ, कैसे हो कष्टों का शीघ अंत।

अंतहीन वेदनाओ का, सृजन करता रहता हूँ रात-दिन,
सम्मव नही है यूँ मुक्ति मेरी, अभी न होगा मेरा अंत।।

शब्दों का सफर

बेणी सज रही ऐसे, जैसे घटा काली पे हो चमकती विजली,
गंगा कलकल बहरही ऐसे, जैसे आतुर मिलन को हो सिन्धु से।

श्यामता जलमें कृष्ण सी आभा विखेरे विरल यमुना भी बह रही,
ज्ञानदेवी वागदेवी भी मौन स्मित सी, बनकर त्रिवेणी सज रही।

रश्क- ए-कमर

रश्क तो बहुत था उनकी भोली भाली अदाओं पर हमको,
नाज़ नखरों का बेमिशाल खजाना थी रश्क ए कमर वह मेरी ।

किसी खुशनुमा अहसास का अदभुत नजारा चांद सी थी वह,
रश्क ए कमर सी बेमिशाल जिंदादिल हमसफर थी वह मेरी।।

जगमग दिया

खुशियों की झोली भर, मन में अरमानो को लेकर,
अंधेरा घरा का दूर करने का, संकल्प हमने ले लिया।

अन्तस के तमस को तो, ज्ञान के उजाले से मिटा दिया,
दिलों मे प्रेम का, मधु नेह भर, जलाया जगमग दिया।

मकतब

आज मकतब सियासत का, घर घर में दिख रहा है,
जानता कुछ भी नहीं, पर बड़ा बाजीगर बन रहा है ।

इश्क और इबादत खुदा की तो, बहुत दूर की बात है,
मकतब ए इंसानियत में, इंसान दाखिले से डर रहा है।

मुन्तजिर

ख्वाब दर ख्वाब, जिसका ताजिनगी रहा मैं मुन्तजिर,
वह मिली मुझे खुदा के आगोश में, मेरी मुंतजिर बनकर।

भरोसा दिया था मुझे परवरदिगार ने, मेरी यां के गर्भ के अन्दर,
मुंतजिर रहना, मेरी इबादत कसा, मिलूंगा जरुर तुम्हें मैं आकर ।

आजतक भरक रहा हूं, मदिर मस्जिद में उसका मुंतजिर बनकर,
इसी भरोसे कि एक दिन वो मिलेगा मुझे ज़रूर रहबर बनकर ।

अलविदा

सोचता था, न कोई मौका आये, उसे अलविदा कहने का,
थी बदकिस्मती मेरी कि, अलविदा उसने ही पहले कह दिया ।

पहले एक बार बेटी को विदा कर हो गया मैही अलविदा उससे,
कौन जाने, कौन अव कहेगा, मेरी रुखसती पे अलबिदा मुझसे ।

मेहर-ओ-माह

मेहर- ओ- माह हमारे तुम तो जीवन सेभी प्यार हो ।
पाया तुमको मेहर खुदा की, आंखों के तुम तारे हो।।
बचपन की किलकारी तुम हो, शैशव के चटखारे हो।
बनकर युवा लुभाया तुमने, गुरु, माता के रखवारे हो।।

फकत

बड़ी आरजू थी, कि कोई तो अपना बनता,
फ़कत दो घड़ी के ही लिये ही,
आखिरी सफर में रूखसत होने से पहले,
मगर अफसोस, कि जिन्दगी के सफर में
तरस गई नजरें, किसी की नज़र से मिलने,
फ़कत कुछ पलों के लिये।

एक क्षणिका

यह जिगर भी क्या चीज़ है, जो गम के तूफानो का समन्दर है,
जरा सी आह भी होती है तो, जिस होता लहरों से तरबतर है।

बड़ी मुश्किल से बचा रखी है ज़िंदगी की, जिगर में तूफान स किश्ती,
यह करिश्मा पाक-मोहब्बत का है, जो जिन्दगी लहरो मे भी नहीं पिसती।

मुखातिब

मुझे उनके अचानक मुझसे, मुखातिब होने का अहसास तो था,
मगर यह अहसास बिलकुल नहीं था, कि वो यू मुखातिब होंगी।

जब मैं अपनी अरमानभरी सूरत लेकर, उनसे मुखातिब हुआ,
उनकी जब बेरुखी देखी तो सोचा, क्यों उनके मुखातिब हुआ ।

मुझे किसी के मुखातिब ही अब, ज़िन्दगी के सफर मे होना होगा,
तो क्यूं न उसी के मुखातिब हो जाऊँ,जहाँ दुनिया सर झुकाती है।

सादगी

उस जन्नते हूर की सादगी के सदके,
जो उससे मनाई मैंने सादगी से शादी अपनी,

मज़ा तो तब आया, जव मुझे बेकरार देखकर,
बड़ी सादगी से मुंह घुमा लिया उसने।

गुल

वह आईथी, मेरी जिन्दगी को गुले गुलज़ार करने तब,
जब दुनियावी अधेरों ने गुल कर रखी थी, हर तरफ रोशनी मेरे।

अचानक आई इस नियामत से चुंधिया गई थी आंखे मेरी,
इबादत खुदा की करने लगा, जब गुलजार हुई बगिया मेरी।

निस्बत

महसूस तो हमने भी किया था प्यार मे बेइंतहा निस्बत उससे,
मगर यह बेवकूफी ही थी जो न समझ सका बेवफाई उसकी।

निस्बते इश्क की असलियत उसके, अगर हम भी समझ पाते,
सपने मे भी जुरुत नहीं करते, उसकी जानिब निस्बत उससे।

इज़हार

किया जब इज़हार था हमने, जवानी में उनसे मुहब्बत का,
कराया था इंतजार बेइंतेहा मुझको, उत्तर देने में इज़हार का।

फिर एकदिन सराबोर कर दिया, मुझको इज़हारे मुहब्बत से,
घूमता फिरता रहा मैं इसी धुन में, कैसे करूँ इज़हार फिर उससे।

मारवन

मनमोहन मदन मुरारी मुरलीधर ने, माया ऐसी रच डारी।
वशी बट पे बंशीकी धुन सुन, गोपी सुधबुध बिसराय डारी।।

माखन चोरी करत कन्हैया निशिदिन, माखन चोर कहावै।
मुख पे माखन देख के मैय्या, माखन मुरव चूमै और दुलरावै।।

मारवन माखन मांगत मोहन, मोहत सब गोपी जन के मन ।
देखि देखि लीला माधव की, लीलाधर में खो जाते सबके तन।।

संस्कार

उत्थान पतन के कारण है अपने, वह संस्कार जो पाये हमने ।
इसी लिये वोह परिवार मिट गये, जहाँ नही थे संस्कार जन में।।

व्यवसाय बना,संस्कारों की शाला खोले, बे सब धनवान हो गये ।
भौतिकता का जीवन जीते जीते ही, हर घर में संस्कार खो गये।।

सुनो सम्पत्ति को अब हम नहीं संस्कार जियेंगे

यह भी कोई जीना है यारों, इस तरह मरते मरते कैसे जियेंगे।
हर तरफ नफरतों का शोर है, कहां तक कैसे, ऐसे गम पियेंगे।।

अगर इसी तरह चलता रहा हैवानियत का माहौल घर घर में,
मन कहता है कि, सम्पनि को हम अब नही, संस्कार जियेंगे।।

मिलाप

मेल मिलाप गर दिलों का हो, तो कोई बात बनती है,
गले का मिलाप, दिलों से भी हो जाये तो बात बनती है,

मिलाप आँखो से आंखों का ही हो, तो कोई बात नहीं,
गर नज़रिये का मिलाप हो जाये, तो बड़ी बात बनती है।

पहले और बाद में

रिक्त था कोना कोई, मेरे दिल की हसरतों का,
तुमसे मिलने के पहले,

सुकून के साथ साथ, बेचैनियां भी बहुत पाईं,
तुमसे मिलने के बाद।।

अना-परस्त

बहुत मिल जायेगे घूमते फिरते,
राहे जिन्दगी में तमाम अना – परस्त हमको,

मगर किसी एक सच्चे इंसान का मिलना तो,
बस खुदा की नियामत ही समझो ।

नज़ाकत

कोर घूंघट की हाथमें लेकर, नयन तिरछे दिखाती थी।
उन्ही अपलक नयन के ऊपर, चमक बिन्दी सुहाती थी।।

वह देखकर मेरी उत्सुकता, जरा घूंघट उठा मुस्कराती थी।
नज़ाकत भरी अठखेलियां उसकी, मेरे मन को लुभाती थी।।

गृहस्थी

गृहस्थ की मजबूरी भी समझिये जनाब।
बोझ बन गई है आज, गृहस्थी मजदूर की,
क़मर तोड कर रख दी है, गरीब मजबूर की।

मार महंगाई की इस कदर पड़ी है सब तरफ,
बिखरने सी लगी है गृहस्थी, अब हर गरीब की।

सर्द मौसम पिया घर तो आओ अभी

दिन ढला शाम आगई, आपआये न अभी।
इंतजार मे ही यूँ आंख लग न जाये कभी।।

न लो इम्तिहान मेरी मुहब्बत का इस कदर।
सर्द मौसम पिया, अब घर तो आओ अभी।।

जादू देखा है मैंने तुम्हारी आंखों में

देखा है प्रेमका अहसास, सदा तुम्हारे दिल में,
आज भी जादू देखा है, मैंने तुम्हारी आखो में।

इन काली कजरारी आखो, मै तो फंस गया हूं,
अब उनसे निकल नही सकता, फंस गया जादू में।

प्रेम के परिणाम

प्रेम के परिणाम को भी, प्रणाम करना सीखिये।
डूब कर प्रेम सागर में, मन शुद्ध रखना सीखिये।।

जानिये जी कर खुशी से, इश्क भी क्या चीज है।
जोश होना जरूरी है मगर, होश रखना सीरिवये।।

लालसा

लालसा तो बहुत थी कि, कोई मुझे भी संभाल लेता ।
इसी लालसा में दिन, महीने और साल गुजरते चले गये।।

लालसा तो मेरे माता पिता को भी थी, हमसे बेइंतिहा ।
इसी लालसा में वो, बुजुर्ग और हम जबान होते चले गये।।

दिल

दिल दिल से लगाना, दो दिलों की दिल्लगी नहीं ।
प्यार में प्यार करने से, प्रेमी प्यार में डरती नही।।

उर से उर मिले तो उर्मिला नाम भी सार्थक किया ।
खेल-खेल में खेलको जीतने को मैदान खेल कर दिया।।

पराक्रम

करो पराक्रम जीवन में, बनने को आदर्श सभी के लिये ।
उसी पराक्रम से करो रोज भला, सबकी भलाई के लिये।।

सराहो पराक्रम सदा उस सैनिक का, सीमापर जो है खड़ा ।
उसके बल पर ही हम रहते सुरक्षित, उसका है बलिदान बड़ा।।

सुरुर

उसकी मद भरी आंखों में, चमकती देख कर तस्वीर अपनी,
देखते ही देखते सुरुर उसका, मेरे दिल ज़िगर पर छाता गया।।

ख़्वाब मे नहीं सोचा था कि, उसके सुरूर का ऐसा असर होगा,
दरियाये इश्क में डुबोकर, मुझे आशिक बना, सुरूर छाता गया।।

रंग भरे चित्र

चित्ररंग से बनाओ पर रंग बदरंग नहो ।
प्रेम सबसे निभाओ, परभाव बदरंग न हों।।

घारा साहित्य की अनुपम बहादो शब्द से ।
शब्दवाणी के बहु रंग हो पर बदरंग न हो।।

पतझड़

दे रहा संदेश पतझड़, कल फिर बहारें आयेंगी।
नव बहार लायेगा बसंत, कोमल कोंपल आयेंगी।।

सुख-दुख के चक्र की तरह, पतझड भी होता है।
दुख का पतझड़ जाता है, सुखमय जीवन होता है।।

मृगतृष्णा

तृष्णा, तृष्णा, तृष्णा, हे कृष्णा, हे कृष्णा, हरे कृष्णा ।
हे प्रभू हमे बचाओ, है यह अति दुखदायिनी मृग तृष्णा।।

घेर रखा है सभी को सुख पाने की तृष्णा ने प्रति पल ।
ज्ञान दे दे प्रभू जिससे हम समझ सके भ्रम की मृग तृष्णा।।

चिंगारी

चिंगारी कलह की, परिवार जला देती है।
सत्ता मद की चिंगारी तो, देश जला देती है।।

दूर रहना किसी भी चिंगारी से, श्रेयस्कर है।
इश्क की चिंगारी तन-मन को जला देती है।।

दोहे

राम राम का जप करो, निर्मल कर लो गात ।
उलटा जपने से कभी, बनी थी एक बात।।

राधे की छवि देखकर, विहस रहे चितचोर।
कान्हा की मुस्कान पर, खुली प्रीत की डोर।।

आंचल

आंचल में हैं मां, मधुर प्यार की कलियां तेरे ।
कैसे पाऊँ पुनः उन्हें, बीत रहा बिन जीवन तेरे।।

प्रिये तुम्हारे आंचल मे छिप, मधुवन का अहसास हो रहा ।
स्वांस स्वांस में प्रेम उभरता, मघुरस से मन सरस हो रहा।।

परवरिश

भूलते जा रहे है आज के बच्चे संस्कार अपने ।
किस तरह से कर पायेंगे प्रगति और पूरे सपने।।

जव तक माता पिता नहीं देंगे संस्कार उनको ।
अच्छी "परवरिश" ही करेगी साकार सब सपने।।

ज़न्नत

बडे ही खुश नसीब है बीर सैनिक, सेना के हमारे ।
हैं कश्मीर में, देखते वो जीते जी ज़न्नत के नज़ारे।।

बा खुदा ग़र हो गये शहीद सीमा पर लड़ते लड़ते ।
जन्नत ही पायेंगे वह बहादुर सेना के सैनिक हमारे।।

बगिया

खिल उठी कली कली, पल्लवित चमन हुआ।
सुगन्ध की रस धार से, प्रफुल्लित तन-मन हुआ।।

प्रकृति परी ने उन्मुक्त हो, पंख अपने खोल दिये ।
मन की इस बगिया में, सुख रस का संचार हुआ।।

महतारी

प्यार का सागर है, प्रतिमूर्ति ममता की।
शिशुपन की संरक्षक है, गुरुता ज्ञान की।

श्वास श्वास में प्राण वायु, देती परिवार है।
आंचल महतारी का, खुशियां संसार की।।

कारवां

गुजरते कारवां को देखना भी, नियति है हमारी ।
जो गुजर गयीं स्मृतियां, थीं वह प्राणों से प्यारीं।।

चलता रहेगा कारवां फिर फिर,जिन्दगी भर सारी ।
प्यार से पुचकार कर साथ में, समा लो दुनियां सारी।।

वितान

यह कैसा नव वितान का अंकुर फूटा।
विकास की अंधी दौड़ में सब कुछ छूटा।।

प्रेम भाव हो गये तिरोहित सबके घर से।
मायावी वितान की चोटों से तन-मन टूटा।।

अनुशासन

जीवन को सहज बनाना है, तो अनुशासन अपनाइये ।
व्यक्तित्व प्रखर यदि करना है, तोअनुशासन अपनाइये।।

यदि विकसित, शिक्षित समाज को निर्मित करना है।
तो अंतर्भावों से सबको ही, अनुशासन अपनाना चाहिये।।

मुक्तक

ज़िन्दगी बहुमूल्य है, कुछ पल बचा कर रखिये।
प्रेममय प्रतिदान के मार्ग को, संजो कर रखिये।।

जब मिले कोई तुमसे,उसे अपना बना लो यारो ।
दूर जाने न पाये फिर, यूँ दिल में बसा कर रखिये।।

चितवन

चुरा ली है चैन चितवन ने तुम्हारी चितचोर मुरारी ।
उसे तो लाज आती है कहे कैसे वह जो राधा पियारी।।

गोपियां चिढ़ाती चितचोर की प्रियतमा बताकर उसको ।
राधिका तो स्वयं ही दौड़ आती है बन चितचोर पियारी।।

नोक झोंक

झेले बहुत से झोंके मैने, पर नोक कभी ना चुभने पाई।
कहा सुनी भी बहुत हुई थी पर, प्रीत न कम होने पाई।।

सदा रही दुविधा मन में, नोंक झोंक कहीं बढ़ ना जाये।
लेकिन हमने सन्तुलन बनाकर, सदा प्रीत की रीत निभाई।।

दिल आज शायर है

जिन्हें पाने के लिये बहुत कुछ खोया था हमने । उन्हें
खोने पे बेरहम ग़म नही होगा, तो और क्या होगा।।

माना कि किसी की याद मे तनहाइयो, खामोशियों का समंदर है।
उसके मचलते ज्यार भाटे में, डूबना फिर उतराने का मज़ा ही
कुछ और है।।

संकल्प

बचपन से ही हमने सीखी, कुछ पाने की प्रवल कामना ।
संकल्पों को आधार बनाकर, हर संकट का किया सामना ।
पहले गुरु जन हमसे कहते, टीवी, मोबाइल का बुरा जमाना ।
पर विज्ञान प्रगति ने सबको, तकनीकी का भर दिया खजाना ।

कोरोना ने अतितृस्त किया जब, तब हमने ही किया सामना ।
विपदा में भी अवसर खोजा, कम्प्यूटर के ज्ञान को पहचाना ।
विद्यालय जव बंद हो गये सब, इंटरनेट की विद्या को जाना ।
घर पर रह कर शिक्षा पाते, संकल्पित हो कहते हार न जाना ।

क्षणिका

एक बार उसकी जुल्फों में उलझ के तो देख।
उलझ कर फिर उसमें, उसे सुलझा के तो देख ।।

न सुलझ सकें गर उसकी उलझी उलझी जुल्फें।
किसी लहराती लट में उंगलियां फिरा के तो देख।।

दिल नाजुक है यारो

भोर होते ही फिर याद आने लगी तुम्हारी, बड़ी मुश्किल है ।
रात भर यूँ ही करबटें बदलते रहे जाग कर, बड़ी मुशिकल है।।

दिल नाजुक है यारो, धड़कने तेज, अब दूरियां सहन नहीं होतीं।
कैसे समाझाऊँ दिले नादांन को इश्क आसां नही है, मुश्किल है।।

कोमल

मन सुकोमल, तन सुकोमल है तो, भावभी कोमल हो जायेगे ।
जुवां कोमल, लफ़्ज कोमल हैं तो दोस्त भी कोमल हो जायेंगे ।

प्यार में मनुहार कोमल,नयनों की दृष्टि कोमल, बनाये रखिये ।
यह इश्क यूँही बना रहे,अतःव्यवहार भी कोमल बनाये रखिये।

घर मेंऔर बाहर भी हमेशा, रिश्तों को कोमल बनाना चाहिए ।
गैरों की कमीऔर बेहतरी खुदकी,जहांतक हो भुलाना चाहिये ।

उड़ जा रे पंछी

अब उड जा रे पंछी तुझे अब अपने घर को जाना है,
यहाँ बिताये गये क्षणो को, अब अपनो को बतलाना है।

उड़ते पंछी के जीवन की, कुछ यह भी अजब कहानी है,
बैठे बैठे खाना है, पीना है, और बंदी रहकर मर जाना है।

करो कल्पना अपने जीवन की, जब हम कभी गुलाम रहे,
सदा दुखी रहे, सुख का कोई दिवस नहो, बस रात रहे ।

प्रतिपल घेरें चिन्तायें और उड़ने की आशाये, हो जायें क्षीण,
यह भी कोई जीवन जीना है, जब कैदी होने का अहसास रहे।

चित्र लिखे से नयन निहारें , कब उड़ पायेंगे , हम नील गगन में,
चारो तरफ जाल पिंजड़े का, कौन तोड़ पायेगा अब इस घर में ।

पंछी रहना है नियति हमारी , कैसे करूँ विनय अव प्रभु से,
मुक्त हुआ भव बन्ध से अब मैं, आता हूँ मिलने गगन में तुम से ।

इश्क मे वादे तो हजार किये

हजारो नखरे उनके उठाये हमने, अपने इश्क की शुरुआत में,
जिस्म से चीर कर दिल भी अपना, दिखलाया था बरसात में ।
कुछ इसी तरह की हरकतें करते, इश्क मे वादे तो हजार किये,
याद आता नही कि पूरा किया हो कोई, इश्क के जज़बात में ।

मंजिले एक थी सफर मे, कभी साथ कभी दूर दूर चलते रहे,
उड़ते भी रहे आकाश में किसी पिजड़े से छूटे पंछी की तरह ।
इश्क में बादे तो हजार किये सफर में, चलते चलते घरती पर,
खुशनुमा जिन्दगी जीने की तमन्ना ले किसी सपने की तरह।

कजरारी तेरी इन अंखियन में

नैना हमारे उलझ गये, कजरारी तेरी इन अंखियन में ।
अली अब घर जाऊं कैसे, मै तो भटक गई गलियन में ।
उस से उलझे नैना मेरे, यह बात फैल गई सखियन में ।
कैसे निकलू घर से बहना, मुझे ढूंढ रही सब गलियन में ।
कान्हा के कजरारे नैना, प्रति पल राधा को करते हैं बेचैन ।

उस पर जब मुरली बजती है, सुध बुध खोती न निकले वैन ।
तू तो कान्हा ढीठ बहुत है,मटकी फोड़त,कवहुंक खीचत चीर ।
चुपके चुपके यमुना तट पर मिल,राधे को खूब खिलावत खीर ।
जब जब उलझे नयन हमारे, तेरी इन कजरारी अंखियन से ।
प्रीत हमारी हुई बाबरी,सुधबुध खोई, झूल गई गलबहियन में ।

भय के आगे जीत है

मनुज तुम डर कर कितना भागोगे ।

जिसने तुमको जन्म दिया , वह भी थी भयभीत उसी दिन,
तुमने भी तो उस दिन रोकर जन्म लिया, दिया सुख सबको ।

मुख निहार चंदा सा तेरा, भय से मुक्त विहसी थी तेरी माता,
स्वयं तुम्हारे मुख पर भयमुक्त विहसती रेखा दिखती सवको ।

शैशव आया,फिर डर आया, तुम ठुमक ठुमक गिर चोटें खाते,
खाते डांट, डराती मैया, फिर प्यारी गोद में ले दुलराती मैय्या ।

विद्या पढ़ने गये विद्यालय,शिक्षक के भय से तुम घबराते भैय्या,
डरते डरते, पढ, नयनो की भाषा में नयन लड़ाते, बनगये सैंया ।

लड़ते लड़ते नयन, परिवार बन गये, बने बरिष्ठ वच्चोसे डर गये,
रहते हम जिस समाज मे, वह भी कहता, तुम सत्ता से डर गये।

गुरुजन कहते बनो बहादुर नर, तुम निर्भय होकर सत्कर्म करो,
कोई मार्ग नही जव दिखता, गीता देखो, भय के आगे जीत है।

माता सीता की अग्नि परीक्षा

दैव यह कैसी तेरी इच्छा, जो तुम मेरी,आज ले रहे परीक्षा ।
मान रही हूँ आपनी गलती, क्यों मांगा था, मृग स्वर्णिम तुमसे,

उस पर भी क्यो लांघी रेखा, लक्ष्मण ने जब कहा था मुझसे ।
इतने पर भी नहीं रुकी मैं, भेजा हठसे अनुज को मिलने तुमसे,

शायद दोष यही भारी था, जो मौन विवश हो ले रहे परीक्षा ।
यद्यपि सदा निभाया, धर्म पतिव्रत प्रतिदिन, प्रतिपल हंस कर,

ध्यान हमारा सदा रहा, चरणो में करुणानिधान रघुवर प्रियवर ।
लंका मे जिस पल दुखित हुई मै, ध्यान हटाहोगा तेरा उस पल,

तुमने ही भेजा था तत्काल जगाने मुझको , प्रिय हनुमत के बल ।
आज मुझे विश्वास अटल है, चाहे कितनी भी हो कठिन परीक्षा,

होऊँगी उतीर्ण सदा मैं, चाहे कितनी प्रबल जले, होअग्नि परीक्षा ।
जीवित तो मै बच कर आऊंगी, अग्नि प्राण ना जला सकेगी,

अपनेप्राण कोई क्यों देगा,जब खुद मेरे प्राण राम ले रहे परीक्षा ।
दैव यह कैसी तेरी इच्छा, क्यों तुम मेरी आज ले रहे परीक्षा ।।

उजाला

अधेरा मन का धो डालो, दिवस अब आये है उजाले के,
ज्योतित अंतस को करो अपने, कि आये दिन दिवाली के ।

प्रतिकार उनका भी करो, दे रहे, जो दुख प्रतिदिन सबको,
मनाओ प्रेमसे त्योहार सबमिल, कि अब आये दिन दिवाली के।

करो मनुहार प्रियतम से, मिलाकर पुलकित प्रेम से दिल को,
कहो अधरों पर, अधर धर कर, ज्यों जलाता दीप बाती को ।

बनो प्रतिमान तुम जग मे, कर प्रकाशित उजाले ज्ञानके उसमें,
विश्व बिस्मित हो उठेगा, संदेश पढ़कर, ग्रंथ गीताज्ञान थाती को ।

कामना प्रभु से करो प्रतिदिन खुशहाल हो सब परिवार मेरा,
कहे कोई न हम में से कि, जो प्रभु का दिया है यहमेरा वहतेरा ।

जलती रहे ज्योति हर दिल मे प्रेम की, छाया कृपा की हो सदा सब
संसार उज्ज्वल हो, कृपा बरिष्ठों की बरषे, हम सब पर सदा ।

मधुरता रच बस रहे प्रत्येक जन के, हृदय में, रसभरी रसना में,
झरे झरना झरोखों से नयन प्रिया के, मधुमास के सपने सजें ।

तमस घर का मिटे, गिले सिकवे मिटें, मन कीरतन हो कीर्तन करे,
उजाले कर उठें नर्तन, शिखा भी दीप में नाचे, जले जयजय करे ।

दुनियादारी से बेखबर वो पहली किलकारी

जब से रहा मै गर्भ में मां के, नित नव सदा विचार किया।
प्रभु ने बड़ी कृपा की मुझपर,जो जीबन रक्षक कवच दिया।

बीत गये नौ मास हमारे,श्वास श्वांस, तनसे मांका दूध पिया।
किलकारी कब किलकूँगा मैं, इसपर कभी न ध्यान दिया।

आया एक दिवस ऐसा भी, जब जग में मेरा अवतरण हुआ।
खुशियों की बह रही थी सरिता,मानो घर में कोई जला दिया।

मेरी मां को खुशी बहुत थी , यद्यपि रोते रोते मैने जन्म लिया।
फिर मैंने मां के आंचल में, किलकारी से, सबको सुखी किया।

किलकारी के इस रहस्य से ,अब तक सर्वथा मैं अनजान रहा।
औरों की मै नही जानता प्रभु की माया से, मैंअबतक दूर रहा।

शायद पूरा जगत फसां था, यह कष्टमयी माया की दुनियादारी।
पर थी निर्मल, दुनियादारी से बेखबर मेरी वो पहली किलकारी।

उदगार

अनुभवों का है, यह जो मेरा संसार,
भरे हैं जिसमें कुछ प्यारे प्यारे उदगार।

उन्हें मैं अब कैसे, व्यक्त करूँ तुमसे,
बंदगी तक, बंद चल रही जब तुमसे।

नयन ही व्यक्त करेगे, अब सब कुछ,
मन में मेरे मचल रहे हैं, जो उदगार।

हुक सी दिल में, उठती रहती बार बार,
प्रतीक्षा ही बस मिलती मुझको हर बार।

अश्रु आंखों से, झरझर गिरते बिन बात,
मगर मन के मन में ही रह जाते उदगार ।

प्रेमकी परिणति, क्या विरह वेदना में होगी,
तुम्ही बताओ प्रभु ,कैसे व्यक्त करूँ उदगार।

भक्त के ह्रदय में बसते राम

दशरथ के तुम राजदुलारे, माता के नयनो के अभिराम ।
सदा भाइयों को तुम प्यारे, हो लक्ष्मण के तुम प्यारे राम ।

सदा शत्रु हंता के अभिभावक, भरत भ्रात के जीवन राम ।
सीता मांता के जीवन धन हो, भक्त के हृदय में बसते राम ।

करुणामय तुम करुण ह्रदय हो, शवरी को दर्श दिखाते राम ।
गीध को मुक्ति देते राम, हनुमत भक्त के, हृदय में बसतेराम ।

बाली का बध करते राम, सदा मैत्री सुग्रीव से निभाते राम ।
विजय दशाननबध करते राम, राज्य विभीषण को दे देते राम ।

जगत पिता बन प्रेम दिखाते, शरणागत रक्षक भी हो तुम राम ।
बनकर शिष्य विश्वामित्र के, तुम मार असुर कर, यज्ञ बचाते राम ।

शत्रु कोभी प्रायश्चित काअवसर देकर,तुम आदर्श निभाते राम ।
भक्तो के ह्रदय मे बसने बाले, तुम भक्त वत्सल कहलाते राम ।

नदी के दो किनारो जैसे होगये है

जिन्दगी भी क्या चीज़ है, अजब अहसास है उसका दिलों दिमाग पर,
इधर रात है तो दिन उस तरफ, मानो नदी के दो किनारों जैसे हो गये हैं ।

फलसफ़ा जिन्दगी का, यही पाया हमनेआजतक जनम लेगा जो, मरेगा भी एक दिन।
पाई थी अकेली गोद मां की जनमते ही, पर चार कंधो पर होंगे आखिरी रुखसती के दिन ।

कितनी अलग दासतां है हमारी जिन्दगी की, मानों नदी के दो किनारो जैसे हो गये हों।
रोते हुये ,जगते हुये पैदा हुये, सबको , हंसा मै भी जी भर कर खेलते खेलते उम्र के साथ |,

पढ़ाया शिक्षको ने हमको जियो जिन्दादिली से और खुशहाल बनकर करो औरो को भीखुश ।
बीतता रहा सफर जिंदगी का यूँही, सरकते रहे रोज दिन रात भी तारीखे बदल बदलकर,
और ज्यो जगते रोते पैदा हुये, मर भी गये सोते सोते, मानो नदीके दो किनारो जेसे होगये हो।

दिन- रविवार

सोंचता हूँ सुवह उठकर सबसे पहले क्या करूँ मैं?
आखें मलूँ, देखकर हथेली, प्रभुको नमन करूँ मै,

या उठूँ और पहले उगते सूर्य को नमस्कार करू मैं।
सूर्य जो प्रतिदिन निकलता है घरा पर हर सुबह सुबह,

अपनी प्रभाती चेतना की रश्मियों से जग को जगाकर,
हमको नवजागरण की प्रेरणा देता, यह दिव्य प्रभाकर।

देखा बहुत था पुस्तकों में, सात घोड़ो पर सवार सूरज को,
पर नही था ज्ञान, उसकी चित्र मेंअंकित छबि का तिलभर,

सोचता हूँ शायद किन्ही दोषो को,इंगित कर रहा है दिवाकर।
समझ पाया हूँ,स्वंय की तुच्छ बुद्धि से यही अबतक,यहाँ तक,

दोष मानव के नियंत्रित हो ,और तेजस्वी व्यक्तित्व हो उसका,
करे कल्याण सबका,ज्यो ज्योतित कर रहाहै घरा को दिनकर।

सरिता

कलकल करती जाती सरिता, खुशियों की लहरों को भरकर।
धरती को सरसाती सरिता, जन जीवन के कष्टों को हरकर।
तृषा मिटाती,शान्ति दिलाती, प्रेम और सौहाद्र सिखाती सरिता।
कृषकजनों की कृषि सिंचित कर, सबकी भूख मिटाती सरिता।
कभी अगर क्रोधित हो जाती, बिकराल रूप दिखलाती सरिता।

उसके मार्ग मे जो भी आ जाता, समूल नष्ट कर जाती सरिता ।
कोई नहीं पूंछता उससे, आखिर क्यो क्रोधित हो जाती सरिता ।
शायद हैं दुष्कर्म हमारे, जिनसे , प्रदूषण से भर जाती सरिता ।
भारत भूमि में जन्म ले ले कर, सरितायें धरा उपजाऊ करतीं ।
गंगा,गोदावरी,नर्मदा, यमुना के संग सब संचितपापों को हरतीं ।

चरण कमल विष्णुजी के धोकर, शिवजी के सिर सजती गंगा ।
भागीरथ के पुण्य तपों से, सरिता बन, धरती परआ बहती गंगा ।
गंगा यमुना दोनो बहने ,कहने को सरिता कहलाती इसजग में ।
लेकिन प्राण दायनी दोनो, आशा का संचार कराती जनमन में ।
इनके पावन जलको पीकर, बुझतीप्यास, रोगनष्ट होजाते तनमें ।

इनकी श्रेणी की सब सरितायें, धरा को परिवर्तित करती धनमें ।
यदि जीवन है खुशहाल बनाना, स्वच्छ बनाओ हर सरिता को ।
करें प्रदूषण मुक्त धरा को,नर्मल कर दें हम सब हर सरिता को ।
सभी घाट सुन्दर बन जायें इनके, निर्मलता युक्त करें सरिता को
सत्ता को सद्बुद्धि प्रभू दें, जिससे निर्मल कर दे हर सरिता को ।

शब्दलेखन

शब्द- इख्तियार

बात रुहानी इख्तियार की हो, या हो जिस्मानी इख्तियार की,
हमेंशा ही निभाये है वादे, मोहब्बत में करके एतबार उसपर ।

इख्तियार खुद पर करो इतना कि, बना रहे एतबार उसका ,
ये अलग बात है ,उसके इशारेपे ही तोड़ना इख्तियार अपना ।

जमाना कुछ भी कहे कहता रहे, मत खोना इख्तियार अपना,
ज़िन्दगी बनजायेगी नासूर, ग़र खो दिया इख्तियार तूने अपना ।

खोज पायेगा खुदाको तू तब,जब इंद्रियों पर हो इख्तियार तेरा
आस मिलनेकी,मिलजायेगा,ग़र खुदपर होगा इख्तियार मेरा ।

जिंन्दगी

बना कर जिंदगी अपनी , हमने उनसे बन्दगी कर ली,
समझदारी से किया इश्क , फिर उनसे दोस्ती कर ली,
इरादा तो बहुत था सताने का, बेवजह बेदर्दी से उसका,
मगर दिल बेकरार था मेरा, इसलिये मैने मिन्नतें करलीं ।

जिन्दगी भर निभाता रहा मै, तुकी बेतुकी सब शरतें उसकी,
पूरी नहीं होतीआज भी मांगने की, मुझसे फरमाइशें उसकी,
कहॉ से कैसे कमाऊं जो मांग पूरी हो , यही है एकचिन्ता मेरी,
बावजूद इसके ,दिल में मेरे लिये भरी है बेइन्तहा चाहत उसकी।

प्रेमपुष्प

प्रेम पुष्प अर्पित करता हूं तुमको, अब तो आ जाओ प्रिय तुम ।
नयन बिछाये बैठे हैं हम, आओ इन नैनो में बसजाओ प्रियतम ।

प्रेम भरा यह प्रणयनिवेदन सुन, छुपकर मत तरसाओ अबतुम ।
क्यों रूठे हो मुझसे अबतक, क्या कारण है बतलाओं प्रियतम ।

दिन बीता अब सांझ आ गई, फिर भी तुम अब तक ना आये ।
क्या प्रिय अर्पण करूँ तुम्हें मैं,तुम्हीं कहो जो मन को भा जाये ।

प्रिय,समय बड़ा गतिमान होरहा, बेला मिलनकी बीत ना जाये ।
बडे प्रेम से जो लाया हूँ, प्रेम विरह में, प्रेम पुष्प मुरझा ना जाये।

तुम तो मेरे जीवन धन हो, तुमसे भी अब क्या छुपा हुआ है।
प्रतिपल उसके मैं स्वप्न देखता, जो चित्र हृदय में बसा हुआ है।

प्रेमपुष्प की माला में गुंथ मैं, प्रिय कैसे निकट तुम्हारे आ पाऊं।
अब प्रभु की कृपा आसरा मेरा, सानिध्य तेरा जिससे पा जाऊँ।

रंज़ गम या खुशी का जहाँ जिंदगी

गुजरा कारवां मेरा हंसते हंसाते जमीं पे,
था जहां रंज गम या खुशी का जहां जिन्दगी ।

था चढ़ा परबान मेरा भी इश्क उन्हीं रास्तो पे,
जहां रंजगम या खुशी का जहां जिंदगी ।

कैसे बताऊं, क्या बताऊँ, कौन सी गाथा सुनाऊं,
जहां रंजगम या खुशीका जहां जिदगी ।

शरम से लाल होते, जब होती थी बंदगी उनसे,
जहां रंजगम या खुशीका जहां जिन्दगी

तुम बिन

तुम बिन कौन हमारा मोहन, एक तुम्हीं तो जीवन धन हो ।
तुम बिन जीवन सार हीन है, तुम तो राधे के भी तन मन हो ।

जीवन धारा की सरिता के जल तुम, कोई नही है मेरा तुम बिन ।
आशा की पावन किरणें तुम, प्रकृति नही फलती है तुम बिन ।

मेरी करुण कथा का कथ्य तुम्हीं हो, तुम्हीं प्रभू नन्दन बन हो ।
तुम बिन किसको और रिझाऊँ, मै हँ कीर प्रभू, तुम कीर्तन हो ।

तुम राधे की माला के मनके , उनकी पायल की रून झुन हो ।
तुम बिन कैसे रास रचाये राधा,उनके तुम्ह तो खुद मधुबन हो ।

अनुराग

राग की छाया से विरत हों सव , ऐसा अनुराग होना चाहिये ।
अनुराग में मधुमास जैसा मन,तन रसराज सा होना चाहिये ।

प्रेम का अहसास ही, लालसा अनुराग की उत्पन्न करता है ।
फिर हृदय में प्रेमी युगल के,बसअनुराग ही अनुराग रहता है।

अनुराग कीअनुभूति तो, कोमल कली की पंखुड़ी सी होती है ।
जैसे कमल के पत्र पर, निर्मल ओस की बूंदें, जीवंत होती हैं ।

छलकते नयन मे नेह के आंसू, अनुराग का प्रतिविम्ब होते है ।
उसीअनुराग की सरिता मे डूबकर,प्रेमी हृदय एकाकार होते हैं।

करो अनुराग तुम जग में सबसे, विश्व बंधुत्व को अपनाकर ।
त्याग भावनायें द्वेष हिंसा की, मिटादो दुख, हंसी विखराकर ।

प्रेरणा देकर गये, कृष्ण द्वापर में, सुनाई बंशी प्रेम की सबको ।
किया अनुराग राधा से, सिखाया प्रेम ,प्रेमी युगल बन सबको ।

यही अब कामना प्रभुसे बहादो, फिर अनुराग की धारा जगमें ।
डूबते उतराते रहें सब अहर्निश, अनुराग पूरित प्रेम सागर में ।

यह कौन है

यह कौन है जो ज्ञान का दीपक, जलाये पढ़ रहा है ।
दीप की ज्योति मे, अपने स्वप्न को, यूँ सज रहा है ।

दे रहा दीपक उजाला ज्ञान का, भंडार भरने के लिये ।
ज्योतित दिया भी, सत्कर्म पर अपने गर्वित हो रहा है ।

ज्ञान पाने की लालसा, मन में बसी हो, धनलोभी की तरह ।
रोक पायेगा कौन, ज्ञान पाने से, संकलपित मन की तरह ।

दे सकेगा प्यार जगभी उसे, उपेक्षित एकलव्य की ही तरह ।
एकदिन आयेगा अवश्य उसका, जो पढ़रहा जीवट की तरह ।

दीप का तो ध्येय ही है, तमस को मिटा कर, प्रकाश भर देना ।
और छात्र का संकल्प भी है ज्ञान पुस्तक से बुद्धि में भर लेना ।

संकल्प यदिहो शिष्य का दृढ, रोक सकती नही बाधा उसे कोई ।
मा शारदे भी चाहती है उसे ज्ञान देकर अपनी गोदमें भरलेना ।

स्निग्ध कपोलों पर

स्निग्ध कपोलों पर धरकर अधरों का मधुरस पी डाला।
नयनों ने नयनों को देखा, हृदतल को सिंचित कर डाला।

प्रियतम को प्रिया पुकार रही, अपलक नयनों की भाषा में।
मिलने की जागी उत्कंठा, क्या दोनो ही मिल पायेगे राका में।

सुगढ़ नासिका की छविने मुख पर, प्रिय के लावण्य बढ़ाया है।
गर्वीली चिबुक चुटीली ने उसकी, सुन्दर ग्रीवाका मानबढ़ाया है।

प्रियतम का चौड़ा बक्षस्थल, है सुन्दर कटि कोऔर उभार रहा।
मस्तक पर उसके, घुंघराले बालों की लट को कर्ण संभाल रहा।

करधनी सजी कोमलकटि पर, आंचल बांधे उन्नतवक्षस्थल को।
पैरो में करती पायल की छनछन, मानो रति रिझारही प्रिय को।

श्रंगार कर रहा श्रंगारित उसको, जिसने श्रंगार किया जग का।
अब भी क्या कुछ शेष रह गया है, यूँ राधा को कृष्ण निहार रहा।

उड़ने लगा बिहंग

जब से देखा तुमको प्रियतम, जागा है मन मे मेरे अनंग ।
अंतर्मन के चक्षु खुल गये, उड़ने लगा, मेरा मन बिहंग ।

सजती विन्दी भाल तुम्हारे, काले कजरारे नयनो के संग ।
इन नयनो में छबी तुम्हारी,तैर रही नभ में,जैसे बन बिहंग ।

प्रिय पुलकित गात तुम्हारे मोहक, देख प्रकृति रह जाती दंग ।
पलकों का प्रस्फुटन तुम्हारे, मेरी चेतनता को कर देता भंग ।

सुगढ नासिका स्वांस छोड़ती, झुलसाती सी जो सब मेरे अंग ।
उस पर चिबुक तुम्हारी, मुख पर, पंख पसारे ,ज्यों बन बिहंग ।

ग्रीवा उसका आधार बनरही,ज्यों चन्द्रमुखी के मनमोहक अंग ।
उन्नत शिखर संभाले आंचल,चंचल मन को भटकाता है अनंग ।

किस में है सामर्थ्य आज जो,बचजाये मधुसरिता मे नौका संग ।
तन भी,मन भी झूम रहा है मेरा, आज प्रियतम संग बन बिहंग ।

कोमल कटि पर बंधी करधनी, जैसे बिखराती दर्पण में बहुरंग ।
पैरों में पायल की रुनझुन, लालिमा नखों पर, रंगती चटख रंग ।

नख शिख वर्णन किया तुम्हारा, न्योछावर है रतिपर ज्यों अनंग ।
अब तो आ जाओ मेरे प्रियतम, झूमें नभ में हमदोनों ज्यों बिहंग ।

दिल के करीब तुम्हारा अहसास

दिलके करीब तुम्हारा अहसास,ज्यों इत्र में सुगंध का अहसास ।
सावन में बर्षा की फुहार,देती दिल के करीब तुम्हारा अहसास ।

स्वप्नमें चित्रण भी देता है सदा,दिलके करीब तुम्हारा अहसास ।
स्मृति तेरी मुझको दिलाती है, दिल के करीब तुम्हारा अहसास ।

दिल की हर सांस में हो तुम,है दिलके करीब तुम्हारा अहसास ।
दिलाती तुम्हारी हर बात मुझे, दिलके करीब तुम्हारा अहसास ।

दिल के करीब तुम्हारा अहसास, चैन से मुझको जीने नहीं देता ।
धड़कते दिलकी घड़कने देरहीं, दिलके करीब तुम्हारा अहसास ।

जादू तेरे काले कजरारे नयनों का,मुझे होश में आने नही देता ।
पलकों का यूँ गिरना उठना मुझको, कुछ और सोंचने नहीं देता ।

सुरीले गले से निकले तुम्हारा स्वर कुछ और सुनने नहीं देता ।
वैसे ही दिलके करीब तुम्हारा अहसास, रात मे सोने नहीं देता ।

अहसास दिलके करीब तुम्हारा,किसीपल दूरनही होता मुझसे ।
पाता तुम्हें अपने करीब जब, दिल पर रहता नहीं काबू मुझसे ।

क्या कहूँ तुम्हे हालात, जब होता दिलके करीब तुहाराअहसास ।
दिलके करीब तुम्हारा अहसास, लेताछीन दिलका सुकूनमुझसे ।

बाहर मैं मुस्कराता हूँ, अन्दर ही अन्दर....

बेरहम जमाना क्या जाने मुश्किल मेरी ।
क्यों बाहर मैं मुस्कराता हूँ,अन्दर ही अन्दर कैसा हाल है मेरा ।
अंबार मुश्किलों का है मेरे सिर पर,दुखता है अक्सर दिल मेरा ।

इन्ही दुशबारियों से दो चार हुआ, यूँ हर दिन मैं लड़ता रहता हूँ ।
ये बेरहम जमाना क्या जाने, बाहर मुस्काता हूँ, यह है भ्रम मेरा ।

बेरहम जमाना क्या जाने मुश्किल मेरी ।
बेदम हो जाता हूं प्रतिदिन, जब शाम ढले घर मैं आता हूँ ।
दिन भर संघर्षों का साथ मेरा,श्रम बिन्दु बहा, धन पाता हूँ ।

हरसमय मुझे तड़पाती है, अपना परिवार पालने की चिंता ।
बाहर मैं मुस्काता हूँ, अन्दर ही अन्दर खुद को टूटा पाता हूं. ।
भावाभिव्यक्ति - फिर भी जीवन में प्यार लिये फिरता हूँ ।

नगरी नगरी द्वारे द्वारे

नगरी नगरी द्वारे द्वारे , ढूंढ रहा हूँ ,उस कंचन काया को,
जिसमे मधुर प्रेम की प्रेममयी, रसधारा का,भाव भरा हो ।

लेकिन ऐसा कोई नही मिलता है, इस निष्ठुर जगमे मुझको,
मिली निराशाअबतक, फिर भी जीवनमें प्यार लिये फिरता हूँ ।

कहीं न कहीं, कभी न कभी तो, मिल जायेगा प्रियतम मेरा,
लूंगी बांध उसे मैं अपनी,लता सरीखी बाहों के आलिंगन में ।

जब तक मुझको मेरा प्रियतम, मिलता नहीं कहीं इस जग मे,
मेरा हृदय दुखित है, फिर भी जीवन में, प्यार लिये फिरता हूँ ।

मेरी अभिलाषा है केवल इतनी, शोषितजन के मैं दुख दूर करूँ,
अपनी करुणा की बूंदोंसे प्रतिपल,मैं उनके मनका संताप हरूँ ।

चारो तरफ निराशा सेही,संघर्ष मेरा,संघर्षण से चलता रहता है ,
मुझको प्यार नहीं मिलता,फिरभी जीवनमें प्यारलिये फिरता हूँ।

बेटियां

सच कहूं संसार की रचना का, आधार हैं, ऐ बेटियां ।
प्रेम के प्रति दान की, सुन्दर प्रतिमूर्ति हैं, ऐ बेटियां |

बेटियों से ही जगमगाता है, सभी का संसार सारा ।
हर परिवार की सुख समृद्धि की, वाहक हैं ये बेटिया ।

माता पिता के परिशुद्धअनुराग की, उत्पत्ति हैं ,ऐ बेटियां ।
भाइयों के उन्नतभाल का,शुभ तिलक हैं ऐ, बहन बेटियां ।

बेटियो से ही भाइयों का,मातापिता का, सम्मान होता है ।
बनती बहन पत्नी मां सभी कुछ, हर पुरुष की ,ऐ बेटियां ।

हास्यरस

हास्य रस में डूब कर, हास्य रस पीकर, पिलाइये,
मुस्कान मजबूरी मे ही सही,पर हमेशा मुस्काइये ।

हर तरफ मायूसी चुप्पी सी क्यो दिखाई दे रही है ?
इसी की खोज मे जुट कर,खुद हंसो और हंसाइये ।

खुद पर खूब हंसों पहले, फिर सभी को बतलाइये,
कब और कैसे,कहाँहंसा जाता है,यह भी बतलाइये ।

सोंचता हूँ हंसना शब्द खुद बोलता है चुप, तू हंस ना,
अब आप हम पर ही हंसिये,औरो को तो मत रूलाइये ।

धागा प्रेम का

एक भाव- रहिमन धागा प्रेम का मततोरो चटकाय ।
टूटे पे फिर ना जुरे जुरे गांठ परिजाय ।

प्रेम मे गांठ मत डालो प्रिये, प्रेम की गांठ में बंध जाइये ।
गूंथकर प्रेम के धागे,प्रिय को लपेटो ,खुद भी लिपट जाइये ।

टूट न जाये कभी धागा अनुराग का, यह ध्यान रखना चाहिये,
बिंध जाइये हृदय से इस तरह, कि कभी न अलग हो पाइये ।

प्रभु का प्रेम ही जीवन का सर्वोत्तम उपहार होता है,
जगत मे जीवन सुखी होने का, प्रेम ही आधार होता है।

कल्पनाओ में जिसे हम मानते है, जीवन सर्बस्व अपना,
उसी अवधारणा के आसरे , संसार सागर से पार होता है।

प्रेम क्या है और कब, किससे, किस तरह करना चाहिये,
कृष्ण ने बतलाया जिसे संसार को, हमे भी अपनाना चाहिये ।

राधिके के प्यार में कान्हा ने, जिस तरह से खुदको डुबोया,
जगत मे जीवको उसभांति ही,प्रेमसागर में डूब जानाचाहिये।

आंचल

उसके आंचल मे छुपजाना, मेरे बचपन का जीवनधन था ।
वह मेरी ही मां थी और, मै ही उसका तनमनधन सब था ।
देकर आड़ सुरीली छैय्या, अपने आंचल से देती रहती थी ।
आज दूर गगन से, देती आंचल, जो मेरा सर्वस्व कभी था ।

जिस आंचल ने मुझे दिया है , आज बहुत अनुपम स्नेह ।
उसी प्रेम की प्रति छाया में, हुई सरल मेरे जीवन की गेह ।
मेरी वह प्रियतमा छिपाये, अपलक पलकों के आंचल में,
प्रेम भरा वह प्रणय निवेदन,उसमे हृदयंगम करता मै नेह ।

साजोगम के बजाती रही रात भर

किसी के इतजार में थी वो, मगर वह तो आया ही नही,
उसी खास के गम में वो, साज गम के बजाती रही रातभर ।
चाहत थी जिससे प्यार पाने की, वही बेदर्द आशिक निकला,
उसी बेवफाई की याद में, वो साज गमके, बजाती रहीरातभर ।
किसी की जान बसती , उसी आशिक के दिले आशियाने में,

उजड़ते आशियाने को देख,साज गम के बजाती रही रात भर।
तार बीणा के सजाकर प्रेम से, मिन्नतें मनाने को करती रही,
मगर वह ना रुका, और वो, साज गमके बजाती रही रात भर ।
आशिक तो बहुतसे देखे जिन्दगी मे, मगर ऐसा नही कोई देखा,
दिल तड़पता रहा ,और वो साज गम के बजाती रही रात भर ।

साथ वही है जो..

साथ वही है, जो मेरा जीवन भर साथ निभाये ।
प्यार दिखाकर जो हमको,पल पल न भरमाये ।

नेह भरे नयनो में अपने, मुझको ही सदा बसाये ।
वह भक्तहृदय हो, न खुद भटके ना मुझे भटकाये ।

साथ वही है, जगमें कर्म किया जो मैंने, अब तक,
साथ न छोड़े, सांसे जब तक,सत्कर्म करो तबतक ।

साथ निभाता जो तेरा हर पल, वह तो जगत पिता है,
करता जो संरक्षण सबका,साथ वही, जीवन जबतक ।

आफ़रीन

आफ़रीन ! आफ़रीन !, क्या गजब ढा रही हो ।
बड़ी फुरसत में बनाया होगा तुमको, आफ़रीन ।
निगाहें भी तुम्हारी आफ़रीन, तिरछी तीर कमान ।
जी करता है कहूँ आफ़रीन को, वाहवाह आफ़रीन ।

यह आफ़रीन की मेहरबानी है, जो लोग मुझे कहते है आफ़रीन ।
बरना फितरत तो यही है इंसा की, खुद ही को कहे आफरीन ।
करो ऐसा जरूर जिन्दगी में , सब की खुशी का सबब हो जाये ।
हर तरफ छा जाये खुशबुये मेहनत की,सब कह उठें,आफरीन ।

चांदनी रात में

देखकर चांदनी रात में, चांद सा चंचल चेहरा,मैं विस्मित हुआ ।
बनी मेरे लिए ही है वह अभिसारिका सी,सोंच कर विह्वल हुआ ।
डाल मंझधार में नाव अपनी, चाहता पारजाना प्रिय मिलनको ।
क्या पता था आ रहा तूफान किश्ती को डुबोने,मिटाने स्वप्नको ।
शहर की इस चकाचौंध में खो गया है, कहीं कोई हमदम मेरा ।

ढूंढ़ता रहता हूं उसे बेतहासा रोज,अब दिल हुआ है बेदम मेरा ।
सजाये थे जो स्वप्न मैने कभी ,बारात लाने के , उनके दर पर ।
यूँ मुखालिफत हो गई जमाने भर से,बेगाना हुआ अपने घरपर ।
आशिक मिजाज़ थे हम दोनों, इसतरह आशिक बन गये दोनों ।
ड्बे इस क़दर इश्क के सैलाब में,आज तक न उबरे हम दोनो ।

प्रदूषण

करो संघर्ष मिलजुल कर, धरा को धवल बनाइये ।
निरंतर स्वच्छता के कर्म को, जीवन में अपनाइये ।
अन्यथा स्वांश लेना भी हो जायेगा एक दिन दूभर ।
प्रदूषण मुक्त हो जाये धरा, ऐसी प्रक्रिया अपनाइये ।

धरा को प्रदूषण मुक्त करके, स्वयं भी निर्मल बन जाइये ।
मन के, हृदय के भाव कर लो शुद्ध, बंधुत्व को अपनाइये ।
करना होगा जागृत ज्योति, मित्रता के भावकी जन-जन में ।
लेकर प्रेरणा राधा कृष्ण से,सर्वत्र वर्षा प्रेमरस की बरषाइये ।

मजदूर

चमकता श्रमविन्दु जिस के माथ पर झलके, उसे ही मजदूर कहते हैं ।
श्रम बिन्दु के कारण मिले धन से जो परिवार पाले, उसे मजदूर कहते है।
बडे उद्योगपतियों की हवेली मे लगाता ईंटगारा जो, उसे मजदूर कहते है।
रेलवे की लाइनों को दिनरात कर रहा जो साफ, उसे भी मजदूर कहते है।

बिलखता देखकर भूखे परिवार को, रहता चुपचाप, उसे मजदूर कहते हैं ।
रहता उधार जिस पर सदा,बाजार में दुकान पर,उसे भी मजदूर कहते है।
शोषण जब असहनीय होता, मजदूर एकता का झंडा जो बुलंद करता है ।
क्रान्ति से जो सत्ता पलट देता है,उसी मजबूत इरादे को, मजदूर कहते है।

किसी मजदूर को मजबूर समझने की जो गंभीरभूल करते हैं ।
किसी गरीब के परिवार पर हमेशा, जो गिद्ध की नजर रखते है ।
जिसके पसीने की कमाई से, हमेशा जो अपना घर ही भरते है ।
उसी दिनरात शोषित और प्रताड़ित मनुजको, मजदूर कहते है ।

अर्ज़ किया है

अर्ज किया है ..
तुम खुदको सुधारो संवारो, ज़माना खुद ब खुद सुधर जायेगा ।
बात दिल की दिल में मत रखो,जमाना खुद ही समझ जायेगा ।
जमाने से शिकायत शिकवा कैसी, इसका अंदाज ही जुदा है ।
बात समझो, भला करने से भला होगा, जीवन संवर जायेगा ।

अर्ज किया है,
मुनासिब नहीं किसी को दुख देकर सुख पाना, समझ जाइये ।
अर्ज और इल्तिजा है बस इतनी तुमसे, सत्कर्म करते जाइये ।
बाहरीदुनियां मे तो,तुम्हे यह कार्य करने ही होंगे,घबराइये मत ।
इसी इंसानियत, भाईचारे को, अपने परिवार मे भी अपनाइये ।

मनन

बहुत सोंचा, बिचारा, मनन भी किया, कैसे कोई नाखुश न हो ।
पास ही रहे, दूर बिलकुल न हो, फिर भी मुझसे नाराज़ ना हो ।
अनकहे रिश्तेभी निभाये,बदसलूकी ना करे मुझ से, इश्क करे ।
संजीदगी हो प्यारमें उसके, मेरीबातों पे मनन करे, जुदा ना हो ।

चिंतन,मनन करना प्रभू का, मकसद जिंदगी का होना चाहिये ।
हर जगह,हर तरह इंसान मे, इंसानियत का भाव होना चाहिये ।
करे पुरजोर कोशिश हर कोई, उसके काम से कोई दुखी न हो ।
इसलिये जरूरीहै ज़रूरत के बक्त, दूसरे के काम आना चाहिये ।

दिसम्बर तुम्हारा स्वागत है

नौ दो ग्यारह होने को हो तुम,
ग्यारह माह बाद अब आये ।
आये आज दिसम्बर फिर तुम,
शीतलता आंचल में लाये ।

स्वागत तो करना ही होगा तेरा,
चाहे कितना तुम तरसाये ।
माह दिसम्बर में शीतल अम्बर,
बाल बृद्ध को बहुत सताये ।

वाह दिसम्बर , तेरी माया तू ही जाने,
युगल जनों के अंतर्मन की, प्यास जगाये ।
उन श्वासों के उच्छवास में, प्रेम के गाने,
उन्मन मन में बन के तराने,नवआस जगाये ।

दरार

रार का होना घरो मे, कोई नई बात तो नही,
ध्यान रहे कभी मनमें दरार,पड़ना नही चाहिये।
बांट कर घर, दीवारें कितनी ही क्यो न बना लो,
घ्यान रहे,उनमे कोई दरार पड़ना नही चाहिये ।

मनाना, रुठना, और झगड़ना, प्यार के ही तत्व हैं,
पर किसी बातपर प्यार में, दरार पड़ना नहीं चाहिये ।
सत्ता की होड़ मे रा जनीति खूब करते रहिये जनाब, पर
व्यक्तिगत व्यवहार में, दरार पड़ना नहीं चाहिये।

धुंध

यह नदिया यह धरती और गगन भी,
धुंध मे घुंधले हुये रंग सब सुमन के ।

घुंध ने करदिया मुशिकल जीना सबका,
घुस रही है घुंघ हम सबकी नाकों में ।

छा रही है धुंध सब की आंखो पर, घृणा की,
खोगई है दृष्टि हर हृदय मे ,करुणा भाव की ।

धुंध ने धुंधली बनाई सोच, प्रेम के व्यवहार की,
भावनाये नष्ट कर दी धुंध ने,हर एक इंसान की ।

पराली की जलन भी घुंध को, गहरा रही सब ओर,
प्रशासन करता केवल भ्रमित, दिखावे का ही शोर ।

कृषक भी मजबूर है उस पराली को, जलाने के लिये,
दृष्टि में उसकी जबकोई बिकल्प,दिखता नहीं चहुंओर ।

हौसला

हौसला हो तो बिन पर के भी, परवाज़ उड़ते हैं।
धरा को कर दें छोटा, नीचे आसमां को करते हैं।

प्यार करने को, इस जमाने मे हौसला चाहिये।
प्रेम हो जाये तो, निभाने का हौसला होना चाहिये।

जब भी कोई दोस्त, मुश्किल मे कभी भी आ जाये।
हौसला अफ़जाई करो उसकी, कि हिम्मत आ जाये।

हौसला बुलंद रहता है सदा, देशसीमा के प्रहरियों का।
उसी के भरोसे करते सदा, रक्षा देश की सीमाओं का।

हौसला ही जनतंत्र की जनता मे, विश्वास को जगाता है।
यही जनतातंत्र भारत मे, लोकतंत्र की साख को बचाता है।

हौसलों की उड़ान भरती हैं, अब भारत की बहादुर बेटियां।
ज्ञान हो या बिज्ञान, सेना आकाशकी, थलकी सबमें बेटियां।

ठंडी ठिठुरन

करता रहा मैं इन्तजार भोर होने तक ठिठुरती ठंड में उसका ।
भोरहोते गुनगुनीधूप ला, सूर्य किरणें करायेगी मिलन उसका ।

दूर होगा#कोहरे का आतंक तब, क्रियाशील हो जायेगे हमसब ।
दिन भर चहल पहल मे, पूर्ण करेगे कार्य सभी, प्रेम से हमसब ।

दिन जब ढल जायेगा, संध्या होगी, अलाव जलेगे चौपालों में ।
होंगी बाते गाँव गॉव की,परिवारो की, ठिठुरन भरी बौछारों में ।

बालवृद्ध जन, सभी युवाजन, निकले पहन-पहन स्वेटरअतरंगे ।
दुबकदुबक कर चलते मग में, हिम्मत नही बालको मे खेलें नंगे ।

दीनदुखी दुर्बल जनके मन में, जब छुधा खूब लग जाती तन में ।
खाते#मूंगफली तबसब, भरभर मुठ्ठी भाग-भाग कर खाते घर में ।

सता की गर्मी से पागल, लोभी हिंसक जन , क्या जाने दिठुरन ।
वोतो करते राजनीति चाय पिलाकर, उनसे रहती दूर ठिठुरन ।

मायासे परिपूरित सेठ, खाते गज़करेवड़ी ओढ़रजाई बिस्तरमें ।
एक इशारे पर क्रय, कर लेते नेताओ को, सुई चुभाते अस्तर में ।

बर्फ जमी सीमाओं पर सैनिक, झेल रहे हैं बर्फीले तूफानों को ।
आसमान को कर मुठ्ठी में, करते नष्ट दुष्ट दुश्मन के अरमानों को ।

घरौंदा

घरोंदा प्रेम का, प्रेमी जनों के हृदय मे,प्रेम से बनवाइये ।
जब भी बने, जैसे बने,प्रेम के इस घरोंदें में बस जाइये ।

आइये मिल कर सजायें इस घरोंदे के, परिंदो का चमन ।
हो जहां मासूमियत और इंसानियत से, परिपूरित गगन ।

मुश्किलें तो बहुत आयीं बनाने मे, इस स्ने हिल घरौंदे को ।
मगर हम भी थे जांबाजआशिक,टूटने न दिया घरौदे को ।

बेइंतिहा हमको सताया जमाने ने, प्यार जड़ से मिटाने को ।
वो दीबानगी हमारी थी जब, इश्क में झुकादिया जमाने को ।

कल्पनाओं के शहर में, एक ऐसा मुस्तकिल घरौदा बन जाये ।
रहे मिलकर जहां सब, नेह बरसे, घर प्यार का सागर हो जाये ।

सुकुमारियां हो जिसमें सुरक्षित, ज्ञान की देवी बने सब बेटियां ।
सुन्दर सुकोमल भी बने, बन जायें कभी वो, वीरागनायें बेटियां ।

कर रहा प्रार्थना प्रभु से, बनायें घरौदा इस जगत को प्यारका ।
बातावरण हो स्वच्छ, निर्मल सरितायें, होआचरण अनुराग का ।

सत्कार

अतिथि का सत्कार , हमारी संस्कृति का मूल है ।
दुत्कारना अतिथि को ,व्यक्ति की भयंकर भूल है।

सम्मान से जीने के लिये, सत्कार करना चाहिये ।
दुख की सरिता मे,व्यक्ति को सत्कार ही दुकूल है।

सत्कार को कभी भी यूँआडम्बर बनाना नही चाहिये ।
प्रेम मे प्रियके सत्कारका प्रतिकार होना नहीं चाहिये ।

सत्कार तो अनजान के मन मे भी, प्रेम जगा देता है।
माता पिता और गुरुजनो का, सत्कार करना चाहिये।

प्रेरणा

प्रेरणा शव्द से भी, प्रेरणा लेनी चाहिये ।
प्रेरणा जिससे मिले , स्वीकारना चाहिये।

प्रेरणा लेकर सदा सत्कर्म तुम करते रहो ।
मिले यदि प्राणियों से प्रेरणा, लेनी चाहिये ।

जिन्दगी मे प्रेरणायें भी, बहत उलास भरती है ।
जीवनी रामकी हो या कृष्णकी उत्थान करती है।

बना करउनके कर्म को प्रेरणा, जीवन को जिओ ।
अवहेलना उनकी सदा, पतन का कारण बनती है ।

पत्तों से टपकती ओस की बूंदे

भा रही मन को, पत्तों से टपकतीं ओस की बूँदे ।
ज्यों लजाती दुल्हन के, माथे पर शर्मोहया की बूंदें ।

जब भी मिली नजरों से नज़र उनकी, नज़र से मेरी ।
पसीना आ गया, जैसे पत्तों से टपकती ओसकी बूंदे ।

जुड़े स्वप्न में अधरो सेअधर, उनकी तपती देह से मेरे ।
पत्तों से टपकती ओस की बूंदो जैसे, भीगे गात थे मेरे ।

रोज़ प्रातः जागने पर प्रकृति सूर्य दर्शन जब कराती है ।
तब प्रभु का संदेश देती,पत्तों से टपकती ओस की बूंदे ।

कल्पनाओं में मेरी जव कृष्ण राधे का श्रंगार करते होंगे ।
देख राधा और कान्हा के प्रेम को, भ्रमरभी गान करते होगे।

तब देख कर ,पत्तों से टपकती ओस की बूंदों की चमक ।
अपलक कान्हा के नयन, मुखचन्द्र राधिका का देखते होंगे।

प्राण प्रिय

प्राण प्रिय तुम धीरे चलो, पाषाण मार्ग रोक लेगे ।
मै तुम्हारे साथ हूँ जब तक, वाधायें दूर कर लेगें।

पथ कठिन बनवास का, संभल कर चलना होगा ।
पथ शुष्क हो,सरिता हो, मिलकर नाव खेना होगा ।

साथ देगे जीव बन के, यदि उनसे प्रेम दर्शाते रहोगे ।
प्रकृति का उपकार मानोगे, तब कृपा तुम पर करेगे ।

लक्ष्य पाने में हमारी यह मित्रता प्रिय, कामआयेगी सदा ।
मुस्कराकर जीतकर कठिनाइयां, जी लेगे प्रेम से सदा ।

तन भी चरण भी कोमल हैं तुम्हारे, संभल कर चलते रहो ।
घरा हो जल या गगन हो,तुम एकाकार कर तन बढ़ते रहो ।

खुली किताब

मन के मैल मिटा कर हम सब, खुली किताब बन जाये।
प्रेम जगाओ मन में सबके, उनके प्रिय हम भी बन जायें।

देकर सब को संदेश प्रेमका, सहयोगी का भाव जगायें ।
द्वेष कपट हिंसा को त्यागें,खुलीकिताब से हम बनजायें ।

घुटघुट कर जीने से अच्छा है, सबको मन की बात बतायें।
सबके मन की बात भी जाने,खुली किताब जैसे बन जायें ।

सदा खेल में खुलकर खेलो, हारो,जीतो हंसहंस कर खेलो ।
खुली किताब बनाकर खुद को,स्नेह सभी का जीभर लेलो ।

जिओ ज़िन्दगी हंसते गाते, कभी उदासी में मन मत रखना ।
खुली किताब ज़िन्दगी बनाओ, देश धर्म से प्रेम भी करना ।

भंवरा

बहुत बचैन करती हैं ह्रदय को,# भवरों की मधुर गुनगुन ।
रात बीत जाती है सोतेसोते, नही कटता दिन सुन गुनगुन ।

बहारें घोलती हैं फिज़ाओ में, मदभरी सी मोहक मधुरिमा ।
मचलते है अरमां जब,#भंवरे सुनाते उसकी मोहनी महिमा ।

जब कभी वो दूर होते, और मै बिरहन तड़पती हूँ अकेली ।
जब #भंवरे सुनाते उसरात केनगमें,जब दुल्हन थी मैं नबेली ।

आता जब बसंत,नाचतेगाते #भ्रमर,अनंग का गुनगान करते ।
प्रकृति भी मुस्कराती, प्रेमी युगल मघुर अधर रस पान करते ।

प्रकृति #भंवरे की होती निराली है, दीवाने आशिक की तरह ।
घूमता है सदा पुष्प का रस पान करने को,मस्त प्रेमी की तरह ।

ज़ख्म देकर ज़िंदगी को आजमाने आ गये

हैरान था, ज़ख़्म देकर जिन्दगी को आजमाने आगये ।
देख उनकी कातिलअदा, हम मन ही मन शरमा गये ।

बाकी बची थी कुछ शर्म मुझ में, ज़ख्म खाने के बाद ।
यूँ शरमाता देख मुझको ,शरमा कर नजदीक आगये ।

इश्क के शुरुआती दौर में, लगा था कुछ दाल मे काला ।
जव पहली बार मिलते ही,लिया था मांग कानका बाला ।

पूरी करीं थी बहुत मांगे उसकी, फिर मना कर दिया मैनें ।
यूॅ छोड़ कर मुझे चली गई ज़ालिम पिला इश्क की हाला ।

घूमते फिरते अक्सर मिल जाने पर, वो नज़रें फेर लेती थी ।
मगर उसकी फिर मिलने की चाह,मेरी नज़रें देख लेती थी ।

एकदिन ऐसा हुआ वो ज़ख्मदेकर, जिंदगी आज़माने आगये।
समझा खुशनसीब,जब अपनी दिलोंजां मुझपर वार देतीथी ।

दिल आज शायर है

1- दिल दिया दर्द लिया की कहावत, बडी शिद्दत से किनारे करदो यारो।
अब तो दिल से दिल को मिलाकर, इश्क में खुद को फना करदो यारो।

2- खुशनसीब समझो खुद को, जो इश्क के समंदर मे डूबने का मौका तो मिला ।
बरना लोगों की ज़िन्दगी तो बेदर्द इश्क की हवा हवाई मेंही गुज़र जाती है ।

3- आंख के पानी का, अनादर मत करना ।
बहा देता है सब कुछ, आंसू का समंदर बनकर ।

4- दरियाचे इश्क मे डूबे रहने का जो मज़ा है, उसका तो कहना ही क्या ।
बहुत से लोग तो बिस्तर पे, अपनी ही सिलबटें देख देखकर, यूँ ही रात गुज़ार देते है।

उपकार

हो सके तो अपकार करने वाले पर भी, उपकार करना चाहिये ।
उपकार करने से जो दूर रखे स्वयंको, तिरस्कृत करना चाहिये ।

कर दे जो जो ज़िन्दगी, गैरों की भलाई के लिये खुद को फना ,
ऐसे सुखद किरदार का जनहित में,सदा सम्मान करनाचाहिये ।

उपकार का अहसास, हर किसी इंसान को याद रखना चाहिये।
जो करे उपकार उस उपकारी का,नही प्रतिकार करना चाहिये ।

इस छोटीसी ज़िन्दगी में, जितना उपकार करनाहो करलीजिये ,
बाद में इस वास्ते कभी भी, जिन्दगी में पछताना नहीं चाहिये ।

अनमना

मन मेरा अनमना, आज क्यों है प्रिये,
क्या तुम्हारी उदासी का है यह असर ।
बात मुझसे कहो ,जो है इसकी बजह,
क्या रह गई मेरे, प्यार में कोई कसर ।

अनमने भाव से मतकरो काम ऐसा कभी,
जो किसी दुख का कोई कभी कारण बने।
प्रेम करूणा से मन , उत्साहित कर जिओ,
जो अनमनापन, दूर करने का कारण बने।

तैरती नाव कागज़ की

बाल मन की खुशी, हंसी तनमन की ।
लहरों पर लहराती, तैरती नदिया में ।
नाव में भर कर, आशायें जीवन की ।
विहंसते मनसे, चलो नाव कागज़ की ।
सोंचती हैं तैरकर, मैभी चलूं इस नाव में ।

पार कर लूँ जिन्दगी, इस नवेली नाव मे ।
कौन जाने कब, तूफान आये ज़िन्दगी में ।
पा लूं किनारा , लेकर सहारा इस नाव में ।
संकट बहुत हैं संसार सरिता, पार करने को ।
हे प्रभू तू पारकरना, इन बेटियों की नाव को ।

मै तुम्हें देखकर गीत गाता रहूं

प्रियतमे अनुरोध स्वीकारो मेरा ।
प्राप तन मन से सदा रहूँगा तेरा ।
तुम मुझे देख कर मुस्कराती रहो,
और मै तुम्हे देखकर गीतगाता रहूँ ।

तेरे नयन बीणा बने , तार मन के सजें ।
अचरों पे सुर तुम्हारा लगे, गीतमेरे बजें ।
अनवरत साज बजते रहें, मन झंकृत रहे,
और मैं तुम्हें देख रात भर गीत गाता रहूँ ।

मेरे घर आई एक नन्हीं परी

मेरे घर आई एक नन्हीं परी ।
कुछ सहमी, हंसती डरी डरी ।

सुन्दर कोमल अंगो वाली परी ।
नन्हें नन्हें हाथों वाली नन्ही परी । मेरे घर----

बहुत मनाये थे हमने देवी देवता ।
कब आयेगी नन्हीं परी नहीं पता ।

जब आई नन्हीं परी खुशीयां भरी ।
सब खुश थे फिर पूजे देवी देवता । मेरे घर---

खिलखिलाती मुस्कराती नेह भरी ।
मां की प्यारीदुलारी परी ममताभरी ।

धीरेधीरे पलीबढी पढ़नेगई डरी-डरी ।
समय बदला माहौल बदली डरी परी । मेरेघर---

शहरशहर डगरडगर घूमरही नज़रबुरी ।
कैसे घूमे इघर उधर अकेले सोचे परी ।

कबकिसकी नज़र परी पर पड़जाये बुरी ।
कैसे बचे इनसे मेरी युवा प्यारी नहीं परी । मेरेघर---

खुली किताब (सुगंध /महक फर्रुखाबाद की)

जब जब सुगंध अती है उड़ उड़ कर, कन्नौज की धरा से,
महक उठता है शहर मेरा ,इत्र में लिपटी फुलेल की गंध से ।

खुल कर खेलने बाले मिलेगें, हर गली में मेरे शहर में अक्सर,
शान फर्रुखाबाद की डुबाने का,मस्ताने कभी देतेनही अवसर ।

बहुत छानी है खाक हमने, हर गली कूंचे की अपने बचपन में,
पंचमी बसंत की देखी है, गगन में उड़ रही कट रहीं पंतगन में ।

महक सोंधी सलोनी भा रही,ठंडमें भुने आलू चटनी धनिये की,
घाट घटिया जो था ,वहाँ गंगा नहा, खायी चाट हल्दीआलू की ।

फूंट,खरबूजे महकते स्वाद में मीठे,तरबूज ककड़ी पहलेज की,
लोटते थे सुंगधित रेत में गंगाकी,चिंता न की कभी परहेज की ।

ढूंढता तो आजभी हूँ , अल मस्त फिज़ाओं की महक घर घर,
प्रार्थना है प्रभू पांडवेश्वर से,बनाये रखे अपनीकृपा हम सबपर ।

दशरथ मांझी

(एक अनुकरणीय व्यक्तित्व)

मांझी रे मांझी, तेरा रंग कैसा,
श्रम से नहाये, श्रम बिन्दु जैसा ।
सहधर्मिणी के शुद्ध प्रेम जैसा, या
मार्ग अवरुद्ध करते,पहाड़ जैसा।। मांझी रे मांझी---

बिछुड़े प्यार की, अनुभूति जैसा,
बिखरे हुये किसी, परिवार जैसा ।
दीनता अभाव मे, जीवन जैसा, या
रोगी साथी के करुण क्रन्दन जैसा॥ मांझी रे मांझी---

दृढ प्रेम के अतुल प्रतिदान जैसा,
देह से देह को मिली,जलन जैसा ।
कंटको से भरे, कठिन मार्ग जैसा, या
तोड़ते पाषाण से रक्तिम हांथ जैसा।। मांझी रे मांझी---

पाषाण की पाषाणता के दमन जैसा,
अकेले दुस्तर मार्ग,आसान करने जैसा।
विश्व मेंअप्रतिम,इतिहास रचने जैसा, या
राष्ट्र द्वारा पद्मश्री, पुरस्कृत करने जैसा॥ मांझी रे मांझी---

अंधकार से अंधकार की ओर

कोशिश करो जाने की, अंधकार से प्रकाश की ओर ।
न करो ऐसा,जो ले जाये अंधकार से अंधकार की ओर।

श्रम ऐसाहो जो, ले जाये तुम्हे अज्ञानता से ज्ञानकीओर ।
चक्षुज्ञान के खुलें जो मिटाये तमस,कैसाही हो घनघोर ।

करलो वैचारिक शुद्धता,जो मनको बांधे प्रकाश की डोर ।
आपसी सौहाद्र हो, सम भाव हो, रहें सब प्रेम रस मे बोर ।

प्रकृति से करिये प्रेम,नहो उसके अनबरत दोहनपर जोर ।
करेगे ऐसा,तो नहीजाओगे अंधाकारसे अंधकार की ओर ।

अधेरो से पूंछ कर सूरज नही उगता,अंधेरा दूर करने को ।
श्रमशील मानव नही डरता कभी, अंधेरा पार करने को ।

जुड़ा है जो जमीन से ,अपनों ,सदा स्नेहिल प्यार पाने को ।
कठिनाइयां हटा लेगें,अंधकारसे अंधकारकीओर जाने को ।

कांटो सी चुभती है जिन्दगी

एक उम्मीद तन्हा जिन्दगी में, इधर उधर लिये फिरता हूँ।
बिन फूले गेंदा बेला , गुलाव के पौधों में उसे ढूंढता हूं ।

कभी कभी तो कांटों सी, चुभती है यहज़िन्दगी मुझको ।
फिर भी मिलन की आस लिये, मैं गीत लिखा करता हूँ ।

सोंचता हूँ कोई तो हो, जो समझ सके मेरे मन की बात ।
ख्वाबों मे ही कभी आकर ले लेअपने हाथो में मेरा हाथ ।

कांटो सी चुभती है ज़िन्दगी, देकर विरही चुभन हर बार ।
हम भी कम दीवाने नही, जो बैठ जाये धर हांथ पर हांथ ।

बांसुरी की तरह

श्रम बिन्दु से भी स्नान कर जो,
जीवन जी रहा श्रमिक की तरह ।

रसभरी वाणी में सजाकर शब्द ,
वह बजता रहा बांसुरी की तरह।

सुर उसी का मोहते मन संसार का,
प्रेम करता सभी से अपनो की तरह ।

चोट खाकर भी जो हंसता कंटको मे,
मोह लेती तान उसकी बांसुरी की तरह ।

दिल आज शायर है

किसी मासूम से बच्चे की, मासूमियत को तो देखो,
कसम खुदा की, मोहव्वत ही मोहब्बत नजर आयेगी ।

चूम लेना आगोश में लेकर, किसी कोमल हथेली शिशु की,
हर तरफ दिलो दिमाग में, मां की ममता ही नजर आयेगी ।

पंखुड़ी गुलाब सी नरमी, किसी सोये हुये बच्चे के लबों की मानिंद,
काश कोई पलकों पे ही मेरे, अपने लबो की सर्द गरमाहट देता।

मोहब्बत में भी बचपने की ख्वाहिशों का भी अजब जुनून होता है,
बार बार हथेली मे कोमल गात लेकर चूमने का मन होता है ।

सत्यपथ

मौन रहकर मनुज को, मनुज के ही काम करना,
दूसरों की सुनना पुरातन सभ्यता है।

बोलते रहना, सिर्फ खुद की कहना और
गैरो की न सुनना भी मनुज की ही असभ्यता है।

करो मन की भले ही, पर प्रेम का प्रतिदान
तो व्यवहार में देना ही सभी को चाहिये ।

गर्व से बन कर भारतीय, समभाव और
सद्‌भाव की संस्कृति को अपनाना चाहिये।

कैदी कौन ?

विस्मित हूं कैदी यह कौन बन गया मेंरे जैसा ।
इस दुनियां से दुखी दूर जगत के प्राणी जैसा ।

मेंरी तो मजबूरी थी जब पिंजड़े में कैद होगई ।
यह कैसा इंसान बेचारा खुद होगया कैदी जैसा ।

अहा! समझ मे अब आया मेरे मतलब इसका ।
विज्ञानी दुनियां ने कुंद कर दिया तनमन इसका ।

यह कैसा उपकरण इसने थामा अपने हाथों में,
जिसने बना दिया एकाकी सा चुप जीवन इसका ।

विडम्बना इस युग की देखो कम्प्यूटर युग आगया ।
बालक वृद्ध सभी लोगों को मोवाइल भी भा गया ।

प्रति पल खो कर इसने कम्यूटर से जोड़ा सब को ।
दुनियादारी भूल गया सब,सब कुछ इसमें समा गया।

मै तो थी कमजोर दीन हीन पंखो पर उड़ने बाली पंछी ।
मजबूरी में कैद हो गई, परबस हो कर भी थी मैं अच्छी ।

लेकिन यह ज्ञानी मानव है यह क्यों इसमे कैद हो गया ।
बहुत सुखी हूँ चहक रही बन नील गगन मे सीधी सच्ची ।

धुंध

धुंध हटा कर भौतिकता की,आप चेहरे से अपने,
करिये प्रेम सभी से जग में, पूरे होंगे सबके सपने।

प्यार प्रभू का सम्बल देगा, मत करो इससे इन्कार,
द्वेष भूल कर गले मिलो, फिर रुठे भी होंगे अपने ।

संध्या काल हुआ अब, धुंध उड़ाती घर को लौटी गायें,
घंटे की ध्वनि बुला रही, भक्त निराले आरती को गायें ।

दीप शिखा की ज्योतित कर ,शुद्ध कर रही भाव हमारे,
खुशियां आये मौंज मनाये,नव विकास के गीत सजायें ।

दिल आज शायर है...

शायराना हुआ दिल, खुशियों की बहार छायी है।
मंजिल मिल गई मुझको, जब से तू साथ आयी है।...1

साज़ बजने लगे, पग थिरकने ,स्वर प्रवाहित होने लगे ।
झंकृत हुई नस नस मेरी, मन में भंवरे गुनगुन करने लगे ।...2

मस्त मन की मस्ती में झूमता हुआ, गुल भी गुलिस्तां होगया ।
हसरते दीदार बाकी था, शाम होते होते दीदार भी हो गया ।..3

मिलती नही खुशी किसी को जहां में प्रभु की कृपा के बिना ।
करना है दीदार तो, तनमन और नजर उस पर बनाये रखिये।.4

सबल बाला

बाले! क्यों मुझे देख कर मौन खड़ी हो,
मेरा यह प्रति रूप तुम्हारा तुम हीतो हो ।

तुम तो गोरी मै हूँ कारी, पर हूँ मैं भी नारी,
तुम तो सरल बालिके,मैं हूं दुष्टों को आरी।

देखो मुझ को, दुष्ट जनों से कभी न डरना,
अबला हो तुम, अवसर पर सबला बनना ।

तुम हो भारत की कन्या, मैं हूँ जग की माता,
तुम भी देवी मै भी देवी, है यही हमारा नाता ।

मत होना कभी निराश, भरोसा खुद पर रखना,
होगा जीवन सरल,निष्छल प्रेम सभी से करना ।

यदि आवश्यकता पड़े कभी दुष्टोंसे लड़ जाने की,
करना तुम संहार सभी का, बात नही घबड़ाने की ।

तुम से है उजियारा घर में, नौनिहाल भी तुम से होगे,
तुमसे ही संस्कार जगेंगे, देश प्रेम से सब प्रेरित होंगे।

तुमहो सीता राधा भीतुम और अहिल्या लक्ष्मी भी हो,
घरती का सम्मान तुम्ही,उज्ज्वल भारत का भविष्य हो ।

क्या लिखा है चिट्ठी में

कैसे पढ़ूं तुम्हारी पाती, क्या लिखा है चिट्ठी में ।
आखों मे तो तुम्हीं बसे हो, क्या लिखा है चिट्ठी में ।

पलक पांवड़े बिछा दिये है,आभी जाओ क्षणभर में ।
आने की आहट आती , क्या यही लिखा है चिट्ठी में ।

चिट्ठी तो पहले भी आई पर, प्रिय तुम कभी नहीं आये ।
झर झर बहते है मेरे आंसू ,जो अब तक सूख नही पाये ।

प्रतिपल धड़क रहा मेरा दिल , रोज़ तुम्हें देखती सपने में।
सब कुशल मंगल है तुम्हारा, क्या यही लिखा है चिट्ठी में।

प्रेम भरी बतियों की स्मृति, निशि दिन सता रही मुझको ।
नयनों से जो तुम कहते थे, मै पलको में छिपा रही उनको ।

बीत गये मधुमास बहुत से, जलती रही विरहा की अग्नि में ।
आकर अगन बुझाओगे मेरीअब,क्या यही लिखाहै चिट्ठी में ।

यदि मेरी करूण पुकार सुन सको,अब मत लिखना चिट्ठी को ।
जी न सकूँगी तुम बिन प्रियतम, मै भुला चुकी हूं तन मन को ।

कुछ भी नहीं सुहाता मुझको,केवल प्रेम पियास उठरही मनमें ।
प्यासी आंखें पथराई हैं, अब कैसे पढ़ें, क्या लिखा है चिट्ठी में ।

तू भी छूकर देख लेना एक बार

रंग इन्द्रधनुष के बिखराये तो हैं हमने.

मूंद कर नयनो में तुम्हें, मखमली पलकों पर विठा रखा है ।
सोते जागते दिन रात,एक तुमको ही दिल मे बसा रखा है ।

बहुत अरमानों से सवांरा है खुद को मैने सिर्फ तुम्हारे लिये
डूब कर आखो में मेरी ओर देखो, जुल्फों को सजा रखा है।

इसरंग भरी दुनिया में , रंग तो तुमने भी बहुत से देखे होगे ।
बेहयाई भरे रंगीन मिजाज़ों के चमन भी, तुमने देखे होंगे ।

गरीबी और भुखमरी के आंसुओ से तरबतर रंगभी देखे होंगे ।
रंग इंन्द्रधनुष के विखराये तो हमने भी हैं,उम्मीद है देखे होगे ।

पतंगें प्रेम की बहुत उड़ाई हमने, तुम भी उड़ाकर देखना एकवार।
बहुत नाजुक डोर बांधी है, उसे तूभी छूकर देख लेना एक वार ।

बात जिन बेरंग रंगों की करते रहे, हम हर महफिल मे बारबार ।
रंग इंन्द्रधनुष के हमने भी विखराये है, नजरे इनायत हो एकवार ।

इतना ना करो याद

इतना न करो याद सनम कि, हम सब कुछ भूल ही जायें ।
न रहे याद मुझे अपनी ही, और हम तुममें ही समां जाये ।

सोंचा था अब न हो पायेगी मुलाक़ात इस जनम में तुमसे ।
तुमने इतना किया याद मुझे, आना ही पड़ा मिलने तुमसे ।

हिचकियों पे हिचकियांआरही, आज ठिठुरती ठंड मे मुझको ।
इतना न करो याद अब तो, कि ठंड में गर्मी न सताये मुझको।

आनेबाला है बसंत लेकर बहार, इस उजड़ेचमन में मेरेघर के ।
इतना न करो याद बहार मे मुझको,जी न सकूँगा बिन उनके ।

जीतजाने की हमेशा से रही है आस मुझे, इस मौसम में तुमसे ।
इतना न करो याद मुझेअब कि, कहीं हार ही न जाऊं मैं तुमसे।

मिल नही रहीहै मुझे छुट्टी,जो जी भरकर तेरा दीदार करसकूँ ।
प्रिये ! इतना न करो याद कि मै, पल भर तुम बिन न जी सकू ।

सर्द हवाओं से

ठिठुरती जिन्दगी और गरीबी में, जी रही है रोरो कर।
सर्द हवाओ में मां, ठिठुरते बच्चे को गोद में छिपा कर।
भूख से दुखरहे अपने पेट को, देखने का दम नही उसमें।
भूखे बिलबिलाते बच्चे को, देरही थपकी सर्द हवाओं में।
पहनने को,ओढ़ने को कोई बस्त्र नही, उसकी ममता को।

बंद सब अपने घरों में सो कर, चुनौती देरहे सर्दहवाओं को।
समय दुष्कर है, उस पर डगर भी मुश्किल, है भरी कांटों से।
करेगा कौन करुणा बिन प्रभू, वही बचायेगा सर्द हवाओं से।
शक्ति देना हे प्रभू इस धरापर,जीव जोभी चले आपके पथपर।
अनर्थ की विपदा हो या सर्दहवाओं से, कृपा करना हमसबपर।

पसंद अपनी अपनी

मार्ग में जो भी मिला प्यार से मुझको,
कर लिया इज़हारे इश्क राह में उसको।

बताया दोस्तों से, है पसंद अपनी अपनी,
मुस्कराकर दोस्तों ने भी स्वीकारा उसको।

किसी को राम, किसी को कृष्ण पसंद आते है।
कोई गुरुनानक जी,कोई ईशा के ही गुणगाते हैं।

किसी को अपने खुदा की बंदगी मे मजा आता है,
यहतो पसंद अपनीअपनी,किसी के भी गुणगाते है।

नर और नारायण

मै न नर हूँ ना नारायण हूँ ।
मैंभगवद्भक्ति पारायण हूँ ।
मै नर तन पाकर धन्य हुआ ।
मिल कर उसमें नारायण हूँ ।

सारा जीवन मैं यूँ ही भटक रहा ।
रंग माया का मुझ पर चटक रहा।
विनती हर पल नारायण कीकरता ।
फिर भी नर बन मन मेरा बहक रहा

नायाव

सिर्फ जिस्म के नायाव होने से ही, कुछ नही होता,
अगर मन के भाव भी नायाब हों, तो कोई बात बने ।
बड़ी ही नायाब नज़रें उनकी कई कई बार देखीं हमने,
मगर उनका नायाब नजरिया देखने को हम तरस गये।
बहुत नायाब नियामत है खुदा की, यह खुशनुमा जिंदगी,

इसमे अगर प्यार मोहब्बत भी मिला दें,तो यह नायाब बने ।
कैसे अजब इंसान हैं हम हमेशा नायाब हमसफर ढूँढ़ते है,
कभी खुद को दूसरों की नजरके आइने से भी देखा करिये।
नायाब कुछभी हो, कोईभी हो , वो नायाब ही रहेगा हरदम,
ये तो हम ही हैं जो, नायाब पर भी, शक की नज़र रखते हैं।

मैं क्यूँ धरती पर बोझ बनूं

ज्ञानी भरी सभा में कहते, मोह माया से सब दूर रहो ।
मेरी समझ सदा यह कहती, जब तक रहो सुखी रहो ।
मैं धरती पर क्यों बोझ बनूं, जनहित में कुछ कर्म करूं ।
बहते रहो धारा मे जग की, कठिनाई मे भी हंसो, सहो ।

जन्म दिया जब ईश्वर ने मुझको, उसने भी कुछ सोचा होगा ।
माता ने जब गर्भ में पाला, दूध पिलाकर, कुछ सोचा होगा ।
फिर क्यों धरती पर बोझ बनूं, उनके हित मे ही मै कर्म करूं ।
संकल्प है पूर्ण करूँगा अरमानों को, जो कुछ भी सोचा होगा ।

नयन नीर भरे

बयन प्रेम भरे, नयन नीर भरे ।
गात कंपित है, प्रतिपल नीर झरे ।

श्वांस श्वास तप्त हुई, विरह की अग्नि जले ।
अब तो आ जाओ प्रभु, प्रतिपल दिवस ढले ।

स्पंदन हृदय का मंद हो रहा, तन क्षीण हो रहा ।
प्राण प्राण पुकारता तुम्हें, क्यों अब विलम्ब हो रहा ।

प्रातःसे शाम हुई, ढलगई शाम रात हुई, चांद उग गया ।
पिघलती आशायें, आशा आगमन की, दीप बुझ गया।

दरश दिखाओ प्रभु, अब विलम्ब न कीजिये ।
परवेरु प्राण के उड़ रहे, स्वयं में समा लीजिये ।

तुम्हारे शहर में

विषय- आज कई सालों बाद तुम्हारे शहर आना हुआ तो देखा पहले जैसा कुछ नहीं है.

आज कई सालों बाद, जब तुम्हारे शहर में आना हुआ ।
तो देखा, कोई शख्स जो गरीब था , वहअब राजा हुआ ।

अजब यह था कि पास उसके अब जाना मुश्किल हुआ ।
सिर्फ अपनी ही कहता,उससेअपनी सुनाना मुश्किल हुआ ।

लोग जो अपने से कभी लगा करते थे इस तुम्हारे शहर में ।
बेगाने से चुपचाप रहते,उन्हे अपना बनाना मुशिकल हुआ ।

बहुत खोजा पुराने मिज़ाज को, पर पहले जैसा कुछ भी नहीं ।
पुराना कुछ न था,कई साल बाद जब तुम्हारे शहर आना हुआ ।

खुश मिजाज़ी थी और हर शख्स का आपस में मिलनाजुलना ।
धर्म जाति कोई हो सबके त्योहारों पर बिना गिले गलेमिलना ।

आज कई सालों बाद जब तुम्हारे शहर आना हुआ तो देखा ।
अब पहले जैसा कुछ न था, टूटे रिश्तो की दरार रिसते रहना ।

आज का गीत कुछ खास है

गीत तो बहुत लिख डाले मगर, आज का गीत भी कुछ खास है।
शब्द अधरो पर लिखे है, भाव नयनों में भरे हैं, मीत मेरे पास है।

लेखनी भौहें नुकीली, मसि काजल की बनी और प्रिय भी पास है।
गात कोमल धवल उसका, गीत उस पर लिखूँगा,तभी वह खास है।

सोंचता हूँ और क्या क्या लिखूं इस गीत में, अजब सा अहसास है।
रसना भरी है अधर रस से, दाड़िम दंतावली अधरो केआस पास है।

कटि कंटीली करधनी से लिपट कर, संग प्रियतम के करती रास है।
इस तरह से लिख रहा हूँ गीत अपना,जो बन यू रहा कुछ खास है।

देख दर्पण झिझकती मुस्कराती,मधुर मुस्कान मुखरित हो रही है ।
चरण कोमल चांपती पायल बंधी रुनझुनाती सी, झंकृत हो रही है ।

कपोलों पर गुलावी रंग और हाथों में, लाल मेहंदी भी रच रही है ।
गीत मेरा हो गया है खास,और लेखनी भी भाव भरती चल रही है।

मै भी थोड़ी चुप थी / वह भी थोड़ा चुप था

आज अकेले सूनी छत पर, हम दोनो ही बैठे थे।
कोई बात पुरानी पर ही, जेसे दोनो रूठ गये थे ।

छत पर बैठे थे दोनों, मानो हम उत्तर दक्षिण थे ।
मै भी थोड़ी चुप थी , वह भी थोड़ा थोड़ा चुप थे ।

कहा सुनी तो होती थी, फिर भी साथ साथ रहते थे।
कभी कभी तो प्रेमी जैसे , लाड़ लड़ाई में करते थे।

मुद्दा दोनो के परिवारों का था,आड़ेअहं सता रहा था।
इसीलिये मै भी थोड़ी चुप थी, वह भी थोड़ा चुप था।

चारु चंद्र की चंचल किरणे,छ्त पर छटा बिखेर रही थी ।
खोले कौन मौन अब पहले, चिंता हमको सता रही थी ।

नयन कोर से देख देख कर, विस्मित स्मित सा मुख था ।
अब बोलेंगे,पर मैभी थोड़ी चुप थी,वह भी थोड़ा चुप था ।

आवाज तो दी होती

सुवह होती है, शाम भी होती है ।
बिन तुम्हारे, सब बेकाम होती है ।

तुम चुप रहे आवाज तो दी होती ।
किससे कहूं क्यों यह आंख रोती है ।

दिल ज़िगर दोनो ही उदास रहते हैं ।
एक घर में ही रहकर ,मौन रहते हैं ।

बता तकलीफ, आवाज तो दी होती ।
न कोई जान पाता क्यों अलग रहते हैं ।

तुम्हारे उदास रहने से, घर उदास रहता है ।
लहलहाता था जो चमन अब ख्वार रहता है ।

इशारे में निगाहो से सही,आवाज तो दी होती ।
पता चल जाता कि मुझे क्यों इंतजार रहता है ।

चाहता हूँ देश की धरती तुझे कुछ और भी दूँ

प्रेम दूँ, प्रीति दूँ या तुम्हारे ही प्रेम का प्रतिदान तुमको दूँ ।
देश भक्ति दूँ या विश्व को बन्धुत्व का अनुपम उपहार दूँ ।

मिटा कर द्वेष हिंसा, दमन दुष्टों के लिये हाथ में तलबार दूँ।
चाहता हूं देश की धरती तुझे कुछ और भी सुन्दर संवार दूँ ।

गूंजते सब तरफ हों कोकिल बयन,लहलहाता पुष्पित चमन दूँ ।
मधुमास सी सुरभित धरा को, मनमोहता आंचल प्रकृति का दूँ ।

शहनाइयां घरघर बजे संस्कार की,अपनत्व के रस को घोल दूँ ।
चाहता हूँ देश की धरती तुझे मैं और भी ज्यादा बडा परिवार दूँ।

आज जो बन गई है दूरियां मन की, उन्हे श्रमबिन्दु से मैं पाट दूँ।
उदासी से भरे है जो स्वजन ,उनमें खुशी संचार कर मैं प्यार दू ।

सामाजिक विषममताओं ने मिटादी सौहाद्र की नदियां घरों से।
चाहता हूँ देशकी घरती तुझ में,और सरितायें बना कर बहा दूँ।

कर दूँ प्रदूषण मुक्त तुमको, स्वच्छता के मैं नव प्रतिमान गढ दूँ।
राम और कृष्ण के देश के परिवेश में शुचिता का संचार कर दूँ।

आवाहन मेरा प्रभु से, सुन्दर स्वच्छ सुरक्षित हो जाये घरा यह ।
चाहता हूँ देश की घरती तुझे मैं,और भी कुछ ज्यादा उपहार दूँ।

जब जब फूल खिले गुलशन में, याद तुम्हारी आई

गुलशन गुलशन पुष्प खिले है, गुन गुन भंवरों की मन भायी ।
जश्न मनाते चंचल पंछी गण, सुरभित हो महक रही अमराई।

पिया मिलन की आस जगाती ,गूंज उठी उपबन में शहनाई ।
जब जब फूल खिले गुलशन में, तब तब याद तुम्हारी आई ।

नयन विछाये बैठे हैं हम, कब आओगी कोई पाती ना आई ।
हम तो प्रेम पुजारी तेरे ही है,प्रतिपल प्रतिदिन आरती सजाई।

टुकुर टुकुर निहार रहा मैं मारग, मुझ पर तुमको दया नआई ।
जब जब फूल खिले गुलशन में, मुझे तब तब तेरी याद सताई।

विरह वेदना की अगनी में,अब गुलशन मुरझाने की बेला आई ।
सिंचन अश्रु नयन भर करते, फिर भी बिरहन बेल ना हरिआई ।

चितवन चकोर सी उसकी,चातक बना मैं, पर ना प्यास बुझाई ।
फिर भी जबजब फूल खिले गुलशन में,तो याद तुम्हारी हीआई।

बीत रहा है योवन मेरा,शिथित गात,मिलने की आशा मुरझाई ।
स्मृति के अमिट झरोखे झाकूं, नयनों में सावन की बदरी छाई।

रिमझिम नैना बरस रहे ,रीते मन की रात हुई पर सुवह नआई ।
फिर जब जब फूल खिले गुलशन में,तब तब याद तुम्हारी आई।

यूँ ही कोई पराया नही होना

बहुत सोचा विचारा, मुझे कारण फिर यह समझ आया ।
कोई तो बात हो गई होगी, यूं ही कोई पराया नही होता ।

बात उन दिनों की है, जब यहां खुशगवार था सब-कुछ ।
नज़र लग गई किसकी हमको,किसी को पता नही होता ।

बात अपनी पर अड़ा रहता था मै, अकड़ भी कम नहीं थी ।
दुख उस को था इसी बात का,यूं ही कोई पराया नहीं होता ।

अब बहुत अफसोस होता है मुझे , रोज़ रात दिन पल पल ।
अकड़ ढीली हुई, समझ आई, यूं ही कोई पराया नही होता ।

सोचता हूँ मिन्नतें कर झुका लूँ नज़र,जो कभी झुकती नहीं थी ।
शायद समझती वह मुझे अपना, यूं ही कोई पराया नही होता ।

ठिकाने आ गई है अब अक्ल मेरी,सरल और शांत भी हूँ अब ।
कसम से जान पाया आज मैं कि, कोई यूँ ही पराया नहीं होता ।

आसां नही है समझ लेना धड़कनो को

धड़कते दिल की मौन दास्तां , क्या कह रही है घड़कनों में ।
पुरजोर कोशिशे की,आसां नही है समझ लेना घड़कनो को ।

बेधड़क इश्क किया था हमने, एक शर्मोहया की पुतली से ।
घड़कता था दिल, पर आसां नही था समझ लेना धड़कनो को ।

जानता था एक दिन बयां कर देगी, दास्तां दिल की मुझ पर ।
आतुर था मैंभी बहुत,कैसे कहेगी दास्तां घड़कनो की मुझ पर ।

बहुत मेहनत से सजाया था, संसार अपना उसे संग में ले कर ।
मगर बैचेन था,सोचा आसां नही है समझ लेना घड़कने उसकी।

झिझकती सी नज़र उसकी, पलक अपलक झुके कह रहे थे।
हम थे कि कहर हे थे,आसां नही था समझ लेना घड़कनो को ।

हार देकर हार जाना तो कोई,उन से सीखे चुपचाप रह कर भी ।
दिल धड़कता है पर ,आसां नही है समझ लेना धड़कनो को ।

जनकसुता जग जननि जानकी

प्राण सुधा जग माता जननी, प्राण प्रिया हो प्रभु श्री राम की।
नारी रूप धरा पर धर कर, हो पुत्री बैदेही विदेह की जानकी।

तुम जनक सुता हो जननि जानकी, ध्वजा पिता के मान की।
अवतरण तुम्हारा दुष्ट दलन हित, तुम त्याग मूर्ति सम्मान की।

छायामृग की प्रतिछाया में, कथा बनी रावण के अवसान की।
तेरा दर्शन,पूजा अर्चन करते जनजन,आरती नयनाभिराम की।

धनुष भंग महिमा मे, बने सहायक गणपति महिमा नाम की।
गौरा भी अनुकूल हो गई,अभिभूत हुई,पा बरदान मां जानकी।

विदेह जब बंध गये मोह में, समझाकर शान्त कराया जानकी।
अपने चरण कमल से दी पावनता, अवध धाम में श्री राम की।

इनकी सेवा का सुख पाकर मोहित हुईं सास, धन्य जानकी।
देवर इनके सानुकूल, निशिदिन सेवारत माला जपते नाम की।

हुआ समय जब बन जाने का,दृढ़ता दर्शाई पतिसेवा करने की।
जगजननी सुता जनक की, फिर भी छाया बन चलीं राम की।

किया अपहरण था दशानन ने जब, काल रूप में गईं जानकी।
बनी प्रेरणा शक्ति राम की, प्रति पल साथ रहीं मन में जानकी।

देकर संदेश जगत में जन को, प्रविष्ट अग्नि में हो गईं जानकी।
तुलसीदास भी कहते उनको, जनक सुता जग जननि जानकी।

जिन्दगी हादसों मे उलझी हुई है

ज़िन्दगी हादसों में इस कदर उलझी हुई है ।
परेशान हूँ फिर भी उसकी रहमत बनी हुई है ।

कायदे से अबतक सब खत्म होना चाहिये था ।
अजीब बात है फिर जीने की चाहत बनी हुई है।

कैसे कैसे हादसे हमने झेले है इस ज़िन्दगी में ।
बताने लायक भी कोई हो तब तोबताऊँ तुमसे।

कभी खाई,कभी कांटे बो दिए थे राह में उसने ।
मिन्नतें की प्रभु से तो, पग पग पे बचाया उससे।

किसी तरह बसर कर रहा हूँ मैं, जिन्दगी अपनी ।
कोई आशा है, जिससे जोड़ रखी है सांसे अपनी ।

जिन्दगी है अनसुलझी,वह हादसों में उलझी हुई है।
सौंप दी है हाथों में डोर प्रभु के, जिन्दगी की अपनी।

मेहनत और किस्मत

सद्य स्नान करता देखकर श्रम विन्दुओं से उसका बदन ।
भाग्य लिख देता इक लहलहाता खुशियों से भरा चमन ।

स्वप्न जो देखे बदलती किस्मत के गहरी नींद में रातभर ।
सुबह उठकर लगा करने मेहनत से उन्हें पूरा उसका बदन ।

पूर्ण होती सर्वदा सब कामानायें परिश्रम करते है जो सदा ।
साथ देती नही किस्मत जो बैठकर आराम ही करते सदा ।

मिल जाती मंजिल उन्हें जो कर्म को ही पूजते रहते जन्म भर ।
किस्मत बदलते देर लगती नहीं जो मेहनत करते सदा सर्वदा ।

प्रधानता कर्म की,श्रम की सुहाती कर्म योगी कृष्ण को जग में ।
जन्मता सफलता की सुगम राहें जीवन में मनुज के पग पग में ।

प्रभु की गीता प्रेरणा से जो मनुज सोचता है करने को मेहनत ।
चींटियों की भांति लघुतर हो कर भी पा लेता लक्ष्य पल भर में ।

अंगड़ाई

प्रिय तुमने अब यह कैसी अंगड़ाई ले ली ।
देख जिसे मैं मुग्ध हुआ, स्वप्नों में खो गया कही मैं ।
श्वांस श्वांश में विरवर रहा हूं, व्याकुल सा हो रहा हूँ मैं ।
सुगठित देह,सुनहरे केश, सुहाते तन पर छाते मनपर ।
इसीलिये अगड़ाई मत लो, तुझमें न खो जाऊ फिर मैं ।
प्रिय तुमने .....

घुंघली शाम, उभरते तारे,उसपर प्रिय यह तिरछे नयन तुम्हारे ।
वाहों का यह मस्त उभरना, अंगड़ाई बन हर लेते प्राण हमारे ।
अघरों को अधरों पर रख कर, मुस्कान मधुर क्यों डाल रही हो।
अंगड़ाई की इस बेला में, अंगअंग तेरा, मदमाती निशा निहारे ।
प्रिय तुमने ....

तेरे स्निग्ध कपोलों की लाली ने, इस अंगड़ाई को और संवारा ।
ग्रीवा भी तन गई तनिक सी, उठता कटि में भी विछुआ प्यारा ।
माथे की विंदिया भी सिकुड़ी , भौंहें तन कर तलवार बन गईं ।
प्रिय अब कैसे समझाऊँ खुद को, तन बन गया श्रंगार तुम्हारा ।
प्रिय तुमने ----

प्रिय केबल अंगड़ाई भर ने, जब मेरा हाल बेहाल कर दिया ।
फिर नयनो से जब नयन मिलेंगे, बेसुर सा सुरताल कर दिया ।
अधर तुम्हारे बहुत रसीले, उस पर तिरछे दोनो नयन कटीले ।
बहुत संभाला रोका खुद को, पर अंगड़ाई ने बरबाद कर दिया ।
प्रिय तुमने----

मुस्कराकर मिला करो

यूँ तो बहुत दूर रहते हो तुम, बहुत मुश्किल है मिलना तुमसे ।
अहसान इतना ही करो,ख्वाबो मे ही मुस्कराकर मिला करो ।

बहुत मुश्किल है इस भागम भाग जिन्दगी में सुकून मिलना ।
जब आये खयाल तुम्हारा ,ख्यालों मे मुस्कराकर मिला करो ।

यह इश्क और मुश्क उनके और हमारे बीच चलता रहता है।
नसीहत है तुम्हे जिससे जब भी मिलो, मुस्कराकर मिलाकरो ।

बड़े नसीब बाले होते है वह लोग, जिन्हें दुख नसीब नही होते।
मैं उनमें से हूँ नहीं,अतःमुझे जब मिलो,मुस्कराकर मिला करो ।

तुम्हारी एक मुस्कराहट से,हजारों दुखी दिल मुस्करा सकते हैं ।
इन्सानियत का तकाज़ा है,दीनदुखी से मुस्कराकर मिलाकरो ।

प्रेरणा लो राधा कृष्ण के प्रेममय व्यवहार ,प्यारी हकीकत से ।
बनानी है ज़िन्दगी खुशनुमा,गैरों से भी मुस्कराकर मिलाकरो ।

अधूरी ख्वाहिशें

करूँगा ख्वाहिशें पूरी अधूरी जो रह गई हैं।
सामने कठिनाइयां भी रास्ते में अड़ गई है।

जमाना जान कर अनजान रहता है इनसे ।
मगर करूँगा पूरी,अधूरी तमन्ना जोरह गई है।

बहुत सी ख्वाहिशें जो रह गई हो नहीं पाती पूरी ।
उनसे बनाना भी दूरियां कभी कभी होता ज़रूरी ।

पार पाना मुश्किलों से यूँ तो नामुमकिन नहीं होता ।
ख्वाहिशों का अहसास करना नहीं है कोई मजबूरी ।

ख्वाहिशें होना और उनका, पूर्ण हो पाना अलग बात है।
कोशिशें भी सफल होती है तभी जब दोनो साथ साथ हैं।

अधूरा कुछ नहीं होता ,पूर्णता तो संतोष ही देता है सदा ।
खाहिशें अधूरी लगती सदा पूरी जब प्रेमी प्रिया के साथ हैं ।

एक शाम गंगा मां के तट पर

आज अभिलाषा इक मन मे मेरे यह जागी,
गंगा तट पर चलते हैं, आज गंगा आरती उतारें।
मइया का घर ध्यान चला, मिलने की आस लिये,
द्रुत गति से चलता चलता पहुंचा मैं नदी किनारे ।

संध्या बेला में गंगा विलकुल शान्त हो बह रही,
मुझे हुआ अहसास वह कुछ कुछ, क्लांत हो रही।
निश्चल सा लग रहा मुझे था उसका भीगा तन मन,
पता नहीं क्या सोच सोंच कर,मां मेरी दुखी लग रही।

व्याकुलता की सीमा लांघी, व्याकुल हो कर मन ने मेरे,
उत्सुकतावश निकट गया मै तब, गंगा तट के धीरे धीरे ।
निनिर्मेश नयनो से मां गंगा भी मुझको ही तो देख रही थी,
चाह रही थी व्यथा सुनाने अपनी, वह बहते रहते धीरे धीरे ।

मैं भी था बिकल हो गया, बोल उठा इंगित कर उसको,
करते नमन सभी थे जिसको, करके नमन पुकारा उसको ।
माता अपनी व्यथा बताओ, तुम इतनी क्यों व्यथित हो रही,
तट से टकराकर बोली, मेरे ही बालक दुख देते हैं मुझको ।

प्रभु को बचन दिया था, कष्ट हरुँगी पाप हरूंगी जनजन के ,
तब से अब तक पाप धो रही, हरती हूं दुख उनके प्रतिदिन के ।
लेकिन बे सब बुद्धि हीन हो मेरे निर्मल जलको मलिन कर रहे,
अब तुम्हीं बताओ पुत्र करुँ क्या, निर्मल मन हो अब इन सबके।

दो जून की रोटी

रोटी दो जून की।
क्षुधा इस पेट की,
तन की और मन की।

अन्न का एक दाना नही,
मांग कर तो खाना नही ।

लकड़ी नहीं है, गैस महंगी हुई,
दालसब्जी हाथ से गायब हुई ।

ऊंची अट्टालिका चिढ़ा रहीं हैं,
दावतो की जूठने फेंक रही हैं।

गरीबी तो स्वंय में अपराध है,
मरता वही है जो निरपराध है ।

रोटी दो जून की मयस्सर नही,
आसरा प्रभुका कुछ करदे वही ।

दुखती रग का कोई सहारा नही होता

जिस तरह भंवर में फंसे इंसा को किनारा नही होता।
उसी तरह दुखती रग का भी कोई सहारा नहीं होता।
मासूमियत भरी निगाहों का कोई कसूर भी नहीं होता।
दुखा देते है नांदां को ई रग जिन्हे इश्क गंवारा नहीं होता।
छोड़ जाते है राहे इश्क में, ईमान जिनका बेबफा होता।

समझ आता तब , दुखती रग का कोई सहारा नही होता।
अगर हमसफर साथ साथ चलते रहें,कोई कांटे नहीं बोता।
टूट जाता वहम कि, दुखती रग का कोई सहारा नही होता।
यूं तो यह सच है कि दुखती रग का कोई सहारा नहीं होता।
इश्क के परवानों को कभी इस से डरना गंवारा नही हाता।

लाल महावर

महावर पैर का तेरे छुअन दिल की जगाता है।
गुलाबी गाल को देखूं ,चेहरा लाल हो जाता है।
मयूरी नृत्य करती है,स्वतः स्पन्दन बढ़ जाता है।
रुनझुन पायलें बजती, महावर लाल हो जाता है।

हृदय में उठ रही लहरें, देख महावर लाल पैरों में।
जगाता प्रीत अपनो में, बढ़ा देता है प्यार गैरों में।
सुहागिन मांगती हैं अमरता, सदा ही प्रियतम की।
नजर उठती नही मेरी,जब लगा हो महावर पैरों मे।

विपश्यना- भाव और सांसें

सांस सांस मे प्रीत समाई, मनुआ मेरा करे पुकार ।
गागर छलक रही भावों की,हिय में उठ रही हुंकार।

विरह वेदना जला रही है, उठता स्वांस स्वांस में ज्वार ।
भावों का भाटा है विखरा, विपश्यना में ड्बा है संसार ।

चेतन मन भी अवचेतन होकर, दूर कहीं कर रहा विहार ।
भावों के गहरे सागर मे, मुझको लगता यह असार संसार ।

बस में करना मन को अपने, सम्भव मुझको नहीं लग रहा।
कोमल भावो से ओतप्रोत मन, सांसों में प्रभु प्रेम जग रहा ।

यह कैसी विपश्यना है,राग विराग से मुझे क्यों दूर कर रही ।
मेरी स्वांस स्वांस में प्रतिपल, छबि प्रेम भाव की निखर रही ।

दूर कही जब अवचेतन मन में, विपश्यना भी कुछ कहती है ।
और अंतर्मन के भाव जगे हों, तब स्वांस स्वांस पीड़ा सहती है।

तेरी मुरली है जादूभरी

कन्हैया तेरी मंजुल मूरत,मेरे नयनन बीच भरी ।
निशिदिन नैना उसे निहारत, तबहुं न चैन परी ।

नयनन ऊपर माथ तुम्हारा, ता पर लट है धरी ।
घुंघराले बालों में उलझी, मैं विरहन आज तरी ।
कन्हैया तेरी ....

अंखियन ओट है, गाल गुलाबी, बांकी छबि निखरी ।
लम्बी नाक को तेरी कान्हा, प्रेम मयी राधा ने पकरी ।

कानों में मकराकृत कुंडल, वासे मोहन,मेरी पीर हरी ।
तेरी मुरली है जादूभरी, क्यों रस भरेअधरन बीच धरी ।
कन्हैया तेरी.....

सब गोपियन को प्राण से प्यारो, मां यशोदा की गोद भरी ।
नन्द दुलारे, नयनों के तारे, बृजरज कण कण में प्रीत भरी ।

राधा के संग प्रीत लगाई, सब गोपी, बृज जन की पीर हरी ।
मोह रही जन जन के मन को यह ,तेरी मुरली है जादू भरी ।
कन्हैया तेरी....

तेरी मुरली है जादू भरी -2

जिन्ह अधरन के अधर पियासे और जिनके नैना बड़े बड़े।
जिनके बयन बडे ही मधुरिम, जिनसे मधु रस टपक पड़े ।

जिसकी सूरत मोहक इतनी ,मन कहे तुरतहि लिपट पड़े ।
मुरली जिसकी जादू भरी है, उससे यह विरहन कैसे लड़े ।

जब जब मुरली मुरलीधर ने अधरों पर, राधा के संग धरी ।
तब तब उस बैरी मुरली ने,गोपीजन की,निशिदिन चैन हरी ।
तेरी मुरली है. .

तुम तो हो नंद के नंदलाला, और मै हूँ वृषभान लली ।
तीन लोक चौदह भुवनो में, अपनी जोड़ी सबसे भली ।

ता पै मुरली सौतन बन गई, जो तेरे अधरन बीच धरी।
मो को तो ऐसो लागत है, श्यामतेरी मुरली है जादू भरी।
तेरी मुरली है ...

तेरी मुरली है जादू भरी -3

मुरली है जादूभरी, श्याम तेरी मुरली है जादू भरी।
हरे हरे बांस की मुरली तेरी, जो अधरन बाज रही।

पनघट पे जब बाजे मुरलिया, गोपियां नाच रहीं। श्यामतेरी ..
श्याम सलोना सुन्दर मुखड़ा, नयनों में कजरा, कानो बाली।

गले में वैजयती माल परी, श्याम तेरी मुरली है जादू भरी।
मुरली धुन सुन गोपियां दौड़ीं, तन मन की सुध हू बिसराई।

बाने जन जन की पीर हरी, श्याम तेरी मुरली है जादू भरी।
मुरली की धुन ने कितने ही, दुष्टन की, पल में जान हरी।

वृंदावन की कुंज गलिन में, राधा सखियन संग रास करी।
मुरली है जादू भरी, श्याम तेरी मुरली है जादू भरी।

कर्मण्येवाधिकारस्ते मां फलेषु कदाचन

माध व यह कैसा परिदृष्य, जहाँ सव शत्रु अपने ही है ।
अर्जुन ने रथ रोक लिया फिर माधव से यह पूंछ लिया ।
अब कैसे में युद्ध लड़ूंगा,इन पर कैसे प्रहार कर पाऊँगा ।
यह तो धर्म विरुद्ध है माधव, मैं यह अधर्म न कर पाऊंगा ।

अहो! मित्र यह कैसी दुविधा, रोका रथ फिर उठ समझाया ।
बोले माधव उधर न देखो, वह सब भ्रम अर्जुन, है मेरी माया ।
इतने दिन से साथ मेरे हो, फिर भी क्यों है तेरा मन भरमाया ।
देखो मुझको, समझो ,मै ही हूँ नारायण जिसने जगत बनाया ।

यह जो तुम देख रहे हो, जगत चराचर मित्र बन्धु है मेरी छाया ।
त् मुझ में, वह मुझमे, कौरव नहीं पाण्डव सब में ही मेरी काया ।
इस जग में केवल कर्म प्रधान है, प्रतिफल तो है मेरी ही दाया ।
में ही कहता हूं अर्जुन,उठो उठाओ धनुष, करो मत वक्त जाया।

पार्थ उठा और देखा प्रभु को, मिले नयन, सब समझ में आया ।
मुझ को गीता ज्ञान मिला है, संशय हीन बनी है अब मेरी काया ।
युद्ध करूँगा, नही हटूंगा, कर्म करूंगा , तू जाने अब तेरी माया
कर्मण्य वाधिकारस्ते मां फलेषु कदाचन, अब मैने समझ पाया ।

वर्षा आई वर्षा आई

बच्चों ने है धूम मचाई ।
वर्षा आई वर्षा आई, बच्चों ने है धूम मचाई।
ठंडी ठंडी हवा चल रही, मेघों ने बूंदे बरषाई ।

आंगन में बुलबुले उठ रहे, जैसे मानो जीव चल रहे।
भीगे तन मन प्रेम जगाते, जैसे राधा कृष्ण लग रहे ।

कुद कूद कर खूब नहाते, मन को वर्षा से सरसाते ।
गली गली में लोग निकलते, काले पीले लेकर छाते ।

कहीं-कहीं दुखियारी विरहन, खड़ी द्वार पर अश्रु बहाती ।
आहट कोई जान किसीकी, विस्मित हो नयना चमकाती ।

प्रियतम के आने की बेला में, राहों में वह पलक विछाती ।
वर्षा में आशा की बुदे,विरहन के भीगे तनमें आग लगातीं ।

चलते चलते यूँ ही

चलते चलते यूँ ही मुझे, मिल गया था कोई राह में ।
भटकता फिर रहा था वह, एक सच्चे प्रेमी की चाह में ।

मिल कर लगा उससे, चाहता था वह किसी को इस तरह ।
जैसे चाहता है कोई चातक चांदनी की ओस को,उस तरह।

देख कर उसकी दशा द्रवित मन से यूँ ही पुकारा,चलते चलते ।
ठहर कर निनिर्मेष नयनो से देखा मुझे,यूं राह में रुकते रुकते ।

अघरों का प्रस्फुटन कुछ अस्पष्ट था, द्दवित से थे नयन उसके ।
शायदअपनापन सा लगा था मुझमें,मन में अहसास था उसके ।

जब कभी कोई मिल जाये इस तरह राह में चलते चलते यूँ ही ।
खिल उठेगा हृदय में करुणा मय प्रेम पुष्प, शुष्क मन में यूँ ही ।

सोंच कर उस घड़ी को जब मिला था कोई, चलते चलते यूं ही ।
मन में कसक है उसके मिलन की, मिलगया थो जो मुझे यूँ ही ।

जो जीता वही सिकन्दर

यूँ तो बहुत से तीर मारे हमने जमाने मे,फिर भी सुकूँ नहीं मिलता मन के अन्दर।
बोझ कुछ अभी दिल पे बाकी है, इस लिये कह नही सकता, जो जीता बही सिकन्दर।

रोज उड़ते हैं परिन्दे आसमां में खुले परवाज़ लेकर, फांस लेता बेरहम शिकारी जाल के अन्दर ।
एक होकर परिन्दें जाल को ही लेकर दूर उड़जाते गगन में, और कहते जो जीता वही सिकंदर।

कश्तियों में तैरते इन्सान इस दरियाये जिन्दगी में , कभी ड्वे, कभी संभलकर डाल देते लंगर।
देकर शिकस्त मुश्किलों के तूफान को,हिम्मत न हारते वह,और कहते जो जीता वही सिकंदर।

लोग कहते हैं, कोशिश करने वालों की कभी हार नहीं होती,
वह जिन्दगी में, या हो खेल के अन्दर।
सिकन्दर बन कर जीत लेता है जो दिलों को, खेल को भी,
और कहलाता,जो जीता वही सिकन्दर।

शब्द मेरी कलम के

भावनायें उमड़ती मेरी,और अन्तर्भाव उसके ।
भाषा उस की होती,और शब्द मेरी कलम के।

दर्पण समाज का,बता देता हाल वह सब के ।
पुकार जन जन की, और शब्द मेरी कलमके।

बींध देती वाणी, बनते बाण बोल कर उसके ।
लिख जाते हृदय पर, कुछ शब्द मेरी कलम के ।

अश्रु बन कर नयन में, उभर जाती है प्रीत उसके ।
गीत बन जाता नया,जब होते शब्द मेरी कलम के ।

प्रेम का राग जब छेड़ देता , हृदतंत्री के तार उसके ।
झंकृत हो जाता गीत गोविन्द का,शब्द मेंरी कलम के ।

सोये हुये से जीव के,जगाता जगत में नब चेतना उनके ।
बन जाता साहित्य वह ,लिखते जब शब्द मेरी कलम के।

इत्तेफाक

यह इतिफाक ही है कि, हम से मिले तुम और तुमसे मिले हम ।
मिले तो ऐसे अब तक न जुदा हुये, हमसे तुम और तुमसे हम ।

किसी का प्यार मिलना और उसे प्यार भी करना इत्तिफाक है ।
गिले शिकवे कितने ही हों, फिर भी प्रेम से रहना इत्तिफाक है ।

जवानी का बुढ़ापे तक बने रहना भी, एक अजब इत्तिफाक है ।
ताज़िन्दगी ऐसे सुखद इत्तिफाक बने रहना भी इत्तिफाक ही है ।

किसी प्रेममें पड़कर विवाह न कर, दीवाना होना इत्तिफाक है ।
विरहाग्नि मे जलते जलते, मिलन की बारिशें भी इत्तिफाक हैं ।

विधाता की मनुज पर कृपा की कोर होना भी, इत्तिफाक ही है ।
जैसे कृष्ण की हजारों रानियां हों, और राधा विरह इत्तिफाक है ।

दिल आज शायर है

1- वह जुदाई ही क्या जिसमें फिर मिलने की आरजू ही न हो ।
- जुदा चाहे रोज़ ज़माने को दिखे मगर महसूस आसपास हो।

2- मिलना और मिल कर बिछ्ड़ जाना इस दुनियां का शास्चत दस्तूर है। बस इस दुनियां से रुखसती से पहले कुछ ऐसा ज़रूर कर दीजै ।
- जब भी, जैसे भी जहां में याद करे कोई, एक अदद मुस्कान ज़रूर आनी चाहिये।

3- वह भले ही ज़माने के लिये आये, यह हमारी खुशनसीबी होगी। हम तो इस्तकवाल करेगे उसका, दोनो हाथो से और पलकें विछाकर।आखिरकार हम भी तो उसी ज़माने का एक अहम हिस्सा हैं।

4- जिस जिन्दगी के रन में अगर कोई रंजिस ही नहीं होगी, वह जिन्दगी ही बेमज़ा, उसमे क्या खाक खुशनशीबी होगी।

भीड़

भावनाहीन ईंटों से बनी , ऊँचे भवन की अट्टालिका से,
झांकता है सैनिक कोई नीचे, उग्र भीड़ को दूरबीन से ।

खोजता खोले नयन,शायद मिले उग्रबादी कोई भीड़ में ।
कर रहा दायित्व पूरा शस्त्र लेकर,ना घटे घटना भीड़ से।

सब तरफ माहौल में है,अजब सा तनाव-असमंजस भीड़ में ।
कौन है जो दे रहा भाषण में, कोरे आश्वासन मंच से भीड़ में ।

नियति जनता की यही है कष्टदाई,भ्रमित करती लोकतंत्र को ।
हाथ कुछ आता नहीं, बात सुन भ्रमित हो, खो जाता भीड़ में ।

लौट आता जब खोकर समय, अनमने मन से अपने नीड़ मे ।
सोंचता भाषण छलावा,दुखी हो कहता,क्यों गया था भीड़ में ।

लालच दिया था अर्थ का उस को किसी ने, वहाँ जाने के लिये ।
बनाया मूर्ख और मूर्ख बन सुनता रहा बकवास उसकी भीड़ में ।

कान्हा तेरी बांसुरी

बता दे कान्हा तेरी बांसुरी में कितने छेद ।
शायद तेरी विचित्र माया के हैं जितने भेद ।

सुरसुरी सी छूटे, बाजे जब जब तेरी बांसुरी ।
सुधबुध खोय के भुला देती है, मन के भेद ।

यमुना तट जाती सखिया ले ले कर गगरी ।
मारग मे फोड़ देत छुप छुप सब की गगरी ।

ग्वालिनें रूठ जाती और राधा होय क्रोधबंत ।
कान्हा तेरी बंशी से मान जाती सखियां सगरी ।

कान्हा तेरी बांसुरी के माया मृगजाल मे, उलझे बृजवासी ।
बीत गये कितने, दूर गये तुम, सब है दुखी जन बृजवासी ।

अब तो सुनो टेर हमारी कान्हा जीवन में अब जीव नहीं है।
तुम तो बन गये द्वारिकाधीश, बृजवासी बनगये बनवासी ।

गोकुल मे चमके मथुरा के तारे

घटा घनघोर थी, जल से भी यमुना भरपूर थी ।
बंधन मे बंधे थे पिता, माता आंखें भरी नीर थी ।

तब प्रभु ने भी जन्म लिया, गये बंधन सारे ।
अष्टमी रात्रि को, गोकुल में चमके मथुरा के तारे ।

लेकर बसुदेव चले कान्हा को, युमुना उफनाई थी ।
अर्ध रात्रि में बर्षाअति प्लावन,मन को डरपाई थी ।

शेषनाग छाता बन , कष्ट दूर करते प्रभु के थे सारे ।
संकट सहते पहुंच, गोकुल में चमके मथुरा के तारे ।

निद्रा मग्न पुत्री संग सोई थी यशोदा, पहुंचे नंद के दुआरे ।
कान्हा को लिटाय वहाँ, पुत्री संग लौट गये तुरत भिनसारे ।

प्रातःकाल होते ही उत्सव होने लगा, नन्द बाबा के दुआरे ।
नंद के लाला ने जन्म लिया,गोकुल में चमके मथुरा के तारे।

घर घर बधाई बाजे कोऊ ना धीरधरे,नाच रहे गोकुल जन सारे।
सरिवयों के बीच यसोदा शरमाय रही,गोद मे लेकर प्राण प्यारे ।

प्रकृति बन धरा पर बहती बयार की धारा बन राधा भी आई है ।
राधा प्रेम की बहती बयार कहे, गोकुल में चमके मथुरा के तारे ।

तेरी मोहनी मुस्कान मोहन

तेरी मोहनी मुस्कान मोहन, शुष्क
हृदतल को सरस कर देती है मोहन ।
तुम्हारे नयन तिरछे, तीखे बाण,
व्यथित कर देते हैं, मेरे मन को मोहन ।

न जाने कौन सा जादू जगाती तेरी
मुरली , सभी बृजवासी के मन में।
मैं भी बलिहारी जाऊँ तुम्हारी
अठखेलियों पर ,तेरी मोहनी मुस्कान पर मोहन ।

शान्ति और सदभावना संदेश

आओ हम सब मिल जुल कर गायें,
शान्ति और सदभावों का संदेश ।
जन जन में, हम घर- घर में ज्योति जगायें,
प्रेम और आहिंसा का , सुन्दर शुभ संदेश ।

काया सबकी बने निरोगी, हो जीवन सुखमय,
वायु प्रदूषण मुक्त कराने का, दो सबको संदेश ।
भाईचारा रहे हमेशा, रिश्तों में हो प्यार सदा,
रहे शान्ति और सदभावना विश्व में,यह है मेरा संदेश

कागज़ पर लिखने से क्या फायदा

प्रिये तुम लिखो आज कुछ मन पर मेरे ।
यूँ कागज़ पर लिखने से क्या फायदा ।

मौन मनुहार से तुम प्रीत ज्योतित करो ।
खिलाखिला कर हंसने से क्या फायदा ।

वक्त कट जायेगा, स्वप्न भी तो मिट जायेगा ।
अंकुर नये करो प्रस्फुटित, बृक्ष बन जायेगा ।

कागज पर उद्‌गार, लिखने से क्या फायदा ।
हृदतल पर यदि लिखोगी, अमिट हो जायेगा ।

धरोअघरों पर अधर, मधुर रस स्वयं हो जायेगा ।
अब कुछ ना कहो प्रिय, प्रेम तो प्रकट हो जायेगा।

कागजो में लिखे, प्रणय निवेदन से क्या फायदा ।
मुस्कराकर मिलो तो सही प्रेम परिपूर्ण हो जायेगा ।

विरह की प्यास

कैसे इनकी प्यास बुझाऊँ, हैं यह प्यासे अधर हमारे ।
निशिदिन निरखत राह तुम्हारी, व्याकुल नयन हमारे ।

रीते नैनों में कब बरसेंगे, काले कजरारे नयन तुम्हारे ।
कानो में मेरे कब गूंजेंगे मीठे, प्यारे प्यारे बोल तुम्हारे ।

अब तो दरस दिखाओ प्रियतम, मन की बात कहें अब किससे ।
जब से तुमसे विलग हुई हूँ तुमसे, दिल का दुख बटाऊँ जिससे ।

तुम्ही बताओ कौन है ऐसा, जिसकी तुलना करूँ जगत में तुमसे।
इसीलिए बन बिरहन राह निहारूँ अपलक ,चले गये तुम जबसे ।

अस्तित्व की लड़ाई

डालते हैं रोज ही हम जान, जोखिम में अपनी ।
चाहता सहभागिता सामाजिक कार्य में अपनी ।

यदि जीतना है दिल और दिमाग प्यार से सबके ।
निरंतर जीतना होगा अस्तित्व की लड़ाई अपनी ।

लोग कहते है कि जहाँ में, जो जीता वही सिकन्दर ।
जीतो दिलों को जहां में, त्याग कर द्वेष, घृणा अंदर ।

घूंट भी पीने पड़ेंगे अपमान के अपनों से इस जहाँ में ।
जीतना है लड़ाई अस्तित्व की,हौसला रखो सदा अंदर ।

अगर तुम न होते

जन्म लेता जगत में कैसे, अगर मेरे माता पिता तुम न होते ।
बीज बोता कौन संस्कारो के मन में हमारे,अगर तुम न होते ।

बीतता जीवन हमारा हमेशा एकाकी, हो जाते दिनभी अंधेरे ।
न मिलता मुझकोसम्मान जग में, माता पिता यदि तुम न होते ।

यदि तुम न होते,कौन देता साथ सामाजिक संस्कार करने में ।
डूबते दरियाये ग़मों के अंधेरो में, न रहती कसर मेरे मरने मे ।

एक तुम ही तो निकट हो मेरे, नयनो मे बसे रहते हो प्रियतम ।
अगर तुम न होते, तो फिर मज़ा ही क्या रहता प्रेम करने में ।

कौन करता सृजन इस जगत का, हे प्रभु अगर तुम न होते ।
इस हिंसा , घृणा को कौन करता दूर प्रभु, अगर तुम न होते ।

तुम्हारा ही तो एक सहारा है कि,तुम भटकने न दोगे मुझको ।
किसे बसा कर देखता मन मंदिर में अपने,अगर तुम न होते ।

आ पिया तोहे जीभर देख लूँ

आ पिया तेरी प्रीति के जल से, प्यासी अंखियां तृप्त कर लूँ ।
जीवन्त करूं मैं मन की कलियां, तुमको मैं आलिगंन कर लूँ ।

आशाओं के दीप जला कर, मधुर अधर अधरों से मिला कर ।
कल क्या क्या होगा ईश्वर जाने,आ पिया तोहे जी भर देख लूँ ।

चांद गगन में इठला इठला कर, धवल चांदनी विखेर रहा है ।
मानों तृषित चातक के मन को,शीतलता से तृप्त कर रहा है ।

उसी कल्पना में डूब गई मै, आ पिया तो हे जी भर देख लूं ।
स्निग्ध कपोलों की लाली, ज्यों चंदा नयनों से निरख रहा है ।

सायली

1 - प्रकृति
पुष्पित-पल्लवित
नवांकुर - अंकुरित - प्रस्फुटित
सुरभित - समीर
प्रेमार्पण

----

2 - संघर्ष
परिश्रम - श्रम विन्दु
साहस - सेहत - सम्पन्न
विकसित - स्वराष्ट्र
आत्मनिर्भर

तुम और तुम्हारी यादे

बड़ा बेचैन है आज दिल मेरा,
किसी अनजान सी अज्ञात अनहोनी से ।

जाने क्यूं याद आती हो अकेले में,
बार बार मन में मेरे तुम और तुम्हारी यादें ।

यादों मे तुम सदा ही बसी हो मां मेंरे,
तुम्हारा लाड़ , लड़ना और ममतामयी बातें ।

मुझे दुलराना और आंचल में छुपा लेना,
चिर स्मृति बन गई हो तुम और तुम्हारी यादें ।

प्रियतमे प्रीत में डूबता उतराता हूँ अब भी,
याद है बहुत तुम्हारे कजरारे नयनो में डूब जाना ।

तुम्हारे अधरों पर मेरे अधरों का मिलन होना,
अब भी बहुत याद आती हो तुम और तुम्हारी यादें ।

राधिके बहुत पछता रहा हूँ छोड़ कर बृन्दावन,
तुम्हारा सानिध्य ही था, मेरे सम्पूर्ण जीवन का सम्बल ।

माता यशोदा की ममतामयी झिड़की और बत्सलता,
विलग हो नहीं सकती एक पल को, तुम और तुम्हारी यादें।

नाच न आवे आंगन टेढ़ा

मौन रहकर देखते रहने से तो अच्छा है, कुछ कर्म करना ।
साधना करना अच्छा है पर, उत्तम, मोह का त्याग करना ।

त्याग कर दुर्व्यसन और द्वेष, मृदुल बन व्यवहार कर लो ।
लोग कहें नाच न आवे आंगन टेढ़ा से पूर्व, सत्कर्म करना ।

आज आरोप प्रत्यारोप करने की, कुत्सित प्रवृत्ति बन गई है ।
पर उपदेश कुशल बहुतेरे जैसे, बचन की प्रकृति बन गई है ।

नाच न आवे आंगन टेढ़ा कह कर, भाग भी जाते कुछ लोग।
स्वयं निष्क्रिय रह कर, पर दोष ढूँढ़ने की आदत बन गई है ।

लोकोक्तियों का आधार जीवन के अनुभवो का सार होता है।
सुखद और सरल जीवन जीने का एक आम उपचार होता है।

मत करो कुछ भी ऐसा कि,सिद्ध हो नाच न आवे आंगन टेढ़ा ।
हो प्रशिक्षित, परख कर कार्य करने से ही, लक्ष्य सिद्ध होता है।

आता नहीं प्रशासन करना जिनको,वह डींगे बहुत हांकते नेता ।
जिनको समझ नही जनता के दुख दर्दो की,वे मुंह छिपाते नेता।

अपनी तो सब जेबे भर लेते,निर्धन दुखिया कृषक निहार रहा है।
नाच न आवे आंगन टेढा, प्रजा जनों से सुन खूब विदकते नेता।

इश्क का शीतल अहसास

कभी कभी जव, सर्दीली रातों मे,
दूर बैठे हुये मेरे हमदर्द की याद में,

जरायुक्त इस तन का मर्द जागता है । तब ये ढंडी
हवायें इश्क के थोड़ा और करीब लाती हैं हमें ।

अजब सा अहसास होता है मेरे मन में,
मानों हजारों चुभ रही हों सुइयां तन में,

दर्द दिल का उभर आता है तन बदन में । तब ये ठंडी
हवाएं इश्क के थोड़ा और करीब लाती हैं हमें ।

पूनम का चांद चमकता जब चांदनी रात में,
बुझाना चाहता है आग चंदा जो लगी तन में,

झिलमिलाते कुलबुलाते विरह केतारे गगन में । तब
ये ठंडी हवायें इश्क के थोड़ा और करीब लाती हैं हमें ।

कागज़ के फूल

जैसे शुष्क सरिता में, कभी भी जल नहीं बहता ।
जैसे धरा पाषाण सी पर, ज्यो फल नही फलता ।

और जैसे रीते नयन से भी, अश्रु जल नही झरता ।
बैसे ही कागज के फूल से भी, मधुरस नही गिरता ।

फूल कागज़ के कभी महक सकते नही हैं, तब तक ।
प्रेम की रस धार दिल से, निकलती नही है जब तक ।

डूब कर प्रेम धारा में, डुबो कर फूल कागज के उसमें ।
चिरंतन फूल कागज़ के, यूँ ही महकते रहेंगे तब तक ।

भाग्य का ही खेल होता रहा है, सदा से इस जगत में ।
किसी के भाग्य में महकती कलियां,प्रेम के उपबन मे ।

किसी को मुस्कराते झुरमुट में,बाहों केआलिंगन मिले ।
किसी को फूल कागज के मिले,कंटकी निर्जन बन में ।

नियति भी खेलती है खेल कैसा, माया में बंधे मानव से ।
किसी को छांव मारग में मिली,कोई तपता धूप गर्मी से ।

बन कर दार्शनिक,दिखाते सत्य को,फूल कागज़ के सदा ।
डगमागता मन उबरना चाहता है,भ्रम जाल की सरिता से ।

परछाइयां

छिपायी तो मैने बहुत थीं,भावनायें मन की अपनी ।
पर मेरी परछाइयां ही, हर जगह व्यक्त करती रहीं ।

अधर को अधरो मे समेटे, मैं मौन ही रहता रहा ।
पर उन्माद को मेरी,अखियां ही व्यक्त करती रहीं ।

आचरण की कुरीतियों को तो, मैंने संभाला बहुत ।
पर दुष्ट परछाइयां मेरी, हर जगह व्यक करती रहीं ।

लाख कोशिशों के बाद भी, मुहब्बत छुपा न सका ।
परछाइयां प्यार की मेरी, उसके दर दस्तक देतीरहीं।

दुश्मनों ने दुखों की धूप की गर्मी से,सताया तो बहुत।
पर कुछ अच्छे कर्मों की परछाइयां ,ढंडक देती रहीं ।

परछाइयो से अपनी भाग कर,कहीं भी जा नहीं सकते ।
वही तो एक दोस्त है मेरी,साथ रह दोस्ती निभाती रहीं ।

परदे से झांकती आंखे, कुछ कह रही आंखे

गात श्यामल सा, पलक चंचल,
परदे से झांकती हैं शोख आंखे,
कुछ कह रहीं हैं तुम्हारी आंखे ।

प्रकृति पागल है, हृदय घायल है,
भौंहे नुकीली, दंतावलि छबीली ले,
दूर प्रियतम से कुछ कह रही आंखे ।

हया का आवरण, संकोची आचरण ले,
हृदय से मनुहारती, मौन हो पुकारतीं,
निनिर्मेष सी परदे से, झांकती आँखे ।

सताती याद प्रियतम की प्रतिदिन मुझे,
देखतीं मारग रोज, अश्रुओं की धार भी,
परदे से झांकती सी,यही कह रही आंखें ।

विश्वास से पूरित और आशावान है आँखे,
मिलेंगे शीघ ही प्रियतम,टोहतीं रोज आंखें,
परदे से झांकती यही कुछ कह रहीं आंखे।

काश थोड़ा और रुक जाते 2025

बहुत ही आशामयी दृष्टि से, हमने ही सवांरा था तुम्हें ।
लगा कर के स्नेह तुमसे, 2024 खोकर पाया था तुम्हें ।
तुम् से पाने की लालसा थी, तुम ही प्रभुधाम बनाओगे ।
काश थोड़ा और रुक जाते 2025 ,सुंदर सजाते तुम्हें ।

तमन्नाएं बहुत थी कि ,तुम कुछ नया सा करोगे जरुर ।
संवार दोगे समाज को, समरसता पूर्ण कर दोगे जरुर ।
खुशहाल होंगे सब धर्म अनुयायी, प्रेम से भरपूर होंगे ।
काश थोड़ा और रुक जाते तो, पूर्ण करते स्वप्र जरुर ।

लोग कहते थे जब तुम आओगे, जाने क्या क्या करोगे ।
कर दोगे भौतिक विकास, सबको आध्यात्म से भर दोगे।
पर न हो पाया कुछ भी ऐसा, दुर्भावनायें भर गई सब में ।
काश थोड़ा और रुक जाते 2025,आशाथी ठीक करदोगे ।

गूंज रहा था नारीशक्ति के उत्थान का नारा,पूर्ण भारत में ।
मगर लुटती ही रही अस्मिता अबलाओं की, सर्बत्र भारत में।
देश और विदेश में सम्मानित हमारी बेटियां भी, पिटती रहीं ।
काश थोड़ाऔर रुक जाते 2025,आग बुझ जाती मणीपुर में ।

अनगिनत मारे गये हमास और यूक्रेन के,रक्त-रंजित रण में ।
जल रहा है आज भी पूर्वांचल देश का, द्वेष, हिंसा क्रूरता में ।
डंका बज रहा था भारत की शान का,परन्तु सैनिक मरते रहे ।
काश थोड़ा और रुक जाते 2025,प्रेम, विश्वास भर देते देश में ।

फलक

उतरने को फलक से आजआतुर हैं, राम मेरे ।
सितारे सजाते हैं रोशनी,अब आ रहे राम मेरे ।
नयना निहारें फलक को, कब आयेंगे राम मेरे ।
करेंगे कल्याण सबका जगत में फिर ,राम मेरे ।

हर तरफ खुशनुमा सा माहौल, अब बन रहा है ।
प्रभाती फेरियों से सर्वत्र जनजागरण हो रहा है ।
मंदिरो मे उत्साहित घंटा भी ,निनादित हो रहा है ।
प्रेम से पूरित भक्ति रस से , कीर्तन भी हो रहा है ।

आशायें बहुत सी जनमानस ने मन में सजायीं हैं ।
पर शंकाये भी तो कम नहीं मेरे मन में समायीं है ।
धर्म पर भारी कहीं कुत्सित राजनीति ना हो जाये ।
भक्त रावण सा कोई फिर राम को मेरे ना छल जाये ।

प्रतिष्ठा राम की हो उससे पूर्व, असुर चर्चित न हो जाये ।
कहता फिरे रावण के बिना, राम अवतार क्यों हो जाये ।
प्रचारित वह न होता , तो फलक से राम आते किसलिये ।
भय जगाता आचरण यह,कहीं जन से राम दूर न हो जायें ।

प्रार्थना है श्रीराम से केवल यही, अभिमान मत जगने देना।
आप तो जन जन के हैं, किसी एक के स्वयं मत होने देना ।
रखना सभी का ध्यान प्रतिदिन , अन्तर्ध्यान मत हो जाना ।
सद्‌बुद्धि दे सभी को,सभी को दे भक्ति, दूर मत होने देना ।

मन में प्रेम उमंग झूमें अंग-अंग

जगा कर मन में प्रेम उमंग, कर रहा मन में नृत्य अनंग ।
बजाता सुन्दर साज मृदंग, थिरकते पांव घुंघरूओं संग ।

कुहुकती कोयल कुहू कुहू, प्रकृति का आंचल हरा हरा ।
विहंगम दृष्य बनाते विहंग,दृश्य यह देख झूमे अंगअंग ।

आगमन सुनकर रामलला का मन, झूमता मेरा अंगअंग ।
प्रार्थना सुनकर आते राम,राष्ट्र के जन जन में उठी उमंग ।

अयोध्या सजी दुल्हन के सदृश्य, सरयू झूम रही शरमाय ।
भक्ति रस में डूबे सब भक्त, भवन भी दिख रहा रंगा रंग ।
विधाता रक्षा करे अवध की, कोई बचनों की मांग न करदे।
कोई स्वेच्छाचारी रावन,फिर से मेरे राम से छल ना कर दे।

कलियुग में सत्ता पाने को कोई, कैकेई सा कृत्य न कर दे।
करते करते राम प्रतिष्ठा,स्वयंभू स्वयं की प्रतिष्ठा न कर दे ।

आज दिल शायर है

1-अहसान उसकी यादों का मेरे दिल पर काबिज है कुछ इस तरह।
मेरी हर सांस की सरसराहट में उसी के नाम के नगमें उभरते हैं।

2- मेरी हर सांस, उसकी यादों का लरजता समंदर है ।
खुदा करे कि उसकी हर लहर,यादों का तूफान ले आये ।

3- अहसास तेरे इश्क का हर सांस कर रही है ।
ये जितना जोर से चलेंगी, खुमारी उतनी चढ़ेगी ।

4- धड़कती धड़कने भी कह रही हैं प्यार की सरगम ।
यही तो प्रेम का इज़हार करती हैं इबादत की तरह ।

5- ज़माने को जब भी, तेरे मेरे इश्क की इबादत याद आयेगी ।
गिनते रह जायेगें,उसमें समाई मेरी आखिरी सांस, कब आई ।

खुला आसमान

कोई गीत गाओ,उड़ा दो अरमानों की पतंगे, खुले आसमान में।
मधुर स्वर सजाओ, वीणा वाणी से बजाओ, खुले आसमान में।

नया वर्ष है, उत्कट उत्कर्ष है ,उत्साह कभी विखरने मत देना ।
प्रार्थना करो शीतलहरी में, मकर के सूर्य से,खुले आसमान में ।

भरो भावों की रसधार गीतो में, पंख फैलाओ,खुले आसमान में।
प्रेम परिपूरित भिगोकर बदन,प्रिय संग नाचो,खुले आसमान में।

कथा कोई लिखो बीते दिनों की, हुआ जब अवगुंठन तुम्हारा ।
मौन गुनगुनाओ प्रेम के नग्में, कोई सुन न ले, खुले आसमान में।

स्पन्दित घड़कनों को संभाल कर रखना प्रिये,खुले आसमान में।
कहीं राधा न सुन ले दूंढती कान्हा को ,अपने खुले आसमान मे ।

कृष्ण भी खोजता होगा विरही दुखित,गोपियों संग राधिका को ।
प्रतिध्वनित तुम भी करो अपना विरह प्रिय से,खुले आसमान में ।

संभालो स्वयं को और तीव्र गतिमान कर दो, खुले आसमान में ।
देर ना हो जाये लक्ष्य धूमिल हो कर जा छिपे, खुले आसमान में ।

विकास भौतिक ही नही,धार्मिक,नैतिक और आर्थिक भी करना ।
दिखा दो विश्व गुरु बन विश्वबन्धुत्व की गुरुता, खुले आसमान में।

गणतंत्र दिवस – देश भक्ति रचना

राष्ट्र हित में स्वयं से द्वंद और प्रतिद्वंद, होना चाहिये ।
अवरुद्ध तन मन को भी अव , स्वच्छंद होना चाहिये ।
यदि बात राष्ट्र के जन गण मन के, आन बान की हो ।
निसंकोच तब ,रणभेरी का महाउद्‌घोष होना चाहिये ।

रिपुदमन का रूप धर कर, धरा को अवमुक्त कर दो ।
शत्रुहंता बन विजय हित, सर्वस्व भी न्योछावर कर दो ।
यदि कभी तुम बेधने में हो ,असमर्थ रिपु का चक्रव्यूह ।
अभिमन्यु सदृश शत्रु मारक बन,स्वयं बलिदान कर दो ।

मान सकता नही अब हार, सैन्य बल स्वतंत्र भारत का ।
विश्व की इस श्रेष्ठ सेना ने किया है, दमन शत्रु सेना का ।
पूर्वी पाक का हो या हो कारगिल का, अति भयंकर समर ।
पताका विजयरथ की फहराई, कर ऊंचा भाल भारत का ।

नमन करते आज हम ,बीर बलिदानी स्वतंत्रता सेनानी को ।
भगत सिंह ,सुभाष, गांधी,नेहरु , बहादुर लाल शास्त्री को ।
राष्ट्रहित मे दिया बलिदान इंदिरा, राजीव ने भारत के लिये ।
आज भी हम कर रहे हर जतन, विश्वगुरु बनाने भारत को ।

कामना है राष्ट्र मेंअब सब तरफ,प्रेम और सौहाद्र होना चाहिये ।
प्रेम की सरिता बहे, हिंसा,घृणा, विद्वेष, ईष्या नष्ट होना चाहिये ।
धर्म के आधार पर ना हो भेद,सर्वधर्म समभाव का प्राकट्य हो ।
हो निरोगी सब सुरवी और, विश्व बंधुत्व का भाव होना चाहिये ।

इरादा

हाइकू

हमारा इरादा, तुमसे मिलना नही ,
हम तो सुबह सुबह टहलने निकले थे,
खुदायी करिश्मा , तुम मिल गये।

इरादा तो वतनपरश्ती का था,
दुनियावी झंझटो ने इस कदर घेरा मुझको,
ना इनका हुआ, ना उनका।

इरादे बहुत नेक थे मेरे,
बड़ी सिददत से संवारा था खुद को
लोग हमें नहीं समझ सके ।

प्रभु मिलन के इरादे से,
छोड़कर मोह के बंधन इस जगत से,
सत्संगी बना लिया खुद को ।

केवल इरादा कुछ नहीं होता,
चाहे जितनी कोशिशें करके देख लो यारो,
होगा वही, मंजूरे खुदा होगा।

धीरे-धीरे तेरा नशा मुझ पर यूँ चढ़ने लगा

दिन भी सिमटने लगा, शाम भी ढलने लगी ।
चम्पई हुआ अंधेरा धना, रात भी सजने लगी ।
टिमटिमाते सितारे, पूनम की सुहानी रात में ।

धीरे धीरे तेरा नशा ,मुझ पर यूँ चढ़ने लगा था ।
मानो किसी सुघड़ बाला की, मदमाती काया ।
पलको की छांव में अटकी, नयनों की मटकी ।
अघरों का मधुरस छलकाती, मुझ पर चटकी ।

कपोल कल्पित कल्पना की आभासी उड़ान में ।
कुसुमित पल्लवित अघरों को कोमल कपोलों से ।
ढांकती सहलाती अपने चंचल नयनो के पलकों को,
झपकाती इठलाती जव चलती है, तब लगा कि जैसे,
मीठा मीठा,धीरे धीरे तेरा नशा मुझ पर यूँ चढ़ने लगा ।

परवरिश

विचारणीय विषय है कैसी हो परबरिश ।
अनुकरण करने के योग्य भी है परवरिश ।

सामाजिक स्वभाव को दर्शाती परवरिश ।
देश की दिशा दशा भीबताती है परबरिश ।

माता का तोस्वभाव ही है देना परबरिश ।
पिता का भी कर्म है देना,अच्छी परवरिश ।

सुसंस्कारों का दर्पण है उसकी परबरिश ।
संस्कृति की भी स्पष्ट पहचान है परबरिश ।

गुरु की गुरुता दर्शाती, शिष्य की परबरिश ।
विद्यालय में छात्र विद्या सिखाती परबरिश ।

देश,समाज सेवा करना बताती है परबरिश ।
राष्ट्रहित में समर्पण भाव जगाती है परवरिश ।

इंसानियत का भी पाठ सिखलाती है परबरिश ।
सत्पुरुष और दुष्ट में, अन्तर दिखाती परबरिश ।

वालपन से मृत्युपर्यन्त जीना सिखाती परबरिश ।
स्नेह और प्रेम का संचार करना बताती परबरिश ।

मेरी महकती सांसों में तुम्हे

गीत कोई गुनगुनाओ तो सही ।
प्रेम राग तुम्हें, मेरी महकती सांसों मे नजर आयेगा ।

अधरों का मधुरस बांटो तो सही ।
नयनो से मुझे देख लो, प्यार ही प्यार नज़र आयेगा ।

फूल गजरों के लगाओ तो सही ।
दिल की हर घड़कन में मेरी, तेरा नाम नजर आयेगा।

तीर आंखो के चलाओ तो सही ।
विरह की आग से झुलसा हृदय, तरबतर नजर आयेगा।

कोई प्यारी गजल गाओ तो सही ।
मेरा तन बदन नृत्य करता,घुंघरू का साज नज़र आयेगा ।

कभी मुझको आलिंगन दो तो सही ।
मेरी महकती सांसों में तुम्हें,परिशुद्ध प्रेम ही नजर आयेगा।

अन्तस का गीत

गीत कोई मीत के बिन गुनगुना सकते नही ।
गति बिना ज्वार स्वासों का उठा सकते नहीं ।

शब्द वाणी से अनर्गल यूं ही नही गाता कोई ।
भावनायें प्रेम बिन , गीत भी रच सकते नहीं ।

देख दर्पण में तुम्हारे मुख चन्द्र की छवि छा रही ।
फिर कोई विस्मृत न हुई स्मृति ,मन में आ रही।

जो बसी हृदय में मन में, अमिट प्रतिमा तुम्हारी ।
आंसू भरी आंखें हमारी निरन्तर आंसू बहा रहीं ।

भटकते हदय से,गीत गोविन्द के गाना चाहता हूं ।
छोड़ बंधन जगत के,उनसे लौ लगाना चाहता हूँ ।

देखता हूँ सब तरफ से जगत मिथ्या दिख रहा है ।
इसलिये अब प्रभू को ही अपना बनाना चाहता हूँ ।

चाहता हूँ गीत कोई ऐसा रचूँ जो हृदय को बांध ले ।
प्रेम मीरा का हो भरा, मेरा भी हाथ कान्हा थाम ले ।

सूर सी ममता वात्सल्य, अपने गीत में मै कैसे भरूँ ।
दास रघुवर का बन सकूँ तो,हनुमत मुझको थाम लें।

विधा- सहरी

माता पिता

सबसे सुन्दर ।
माता पिता तेरा दर्शन ।
जीवन अर्पन ।

जगत पिता ।
तुम प्रभू आनंद दाता ।
जीवन दाता ।

करके ध्यान ।
हम तेरा निशि दिन ।
करते दान ।

देते संस्कार ।
यहाँ तेरी महिमा अपरंपार ।
करुणा निधान ।

गोद तुम्हारी ।
ममता पूरित दृष्टि तुम्हारी ।
हम नादान ।

बरसात से चहुँओर हाहाकार मचा

बरखा रानी अब इतना भी मत बरसो,मान जाओ ।
बरस वरस कर तो तुम थक जाओगी, मान जाओ ।

जब थक जाओगी, तब तो तुम भी रुक जाओगी ।
टिप टिप करते करते ही, नालों में तुम बह जाओगी

बाढ ग्रस्त कर दिया देश को, इसमें क्या सुख तुमको ।
सबल बच गये, निर्बल डूबे, क्या कुछ दुख है तुमको ।

दरक गये पाषाण, क्यों मार्ग अवरुद्ध कर दिये तुमने ।
कुछ भी नही विषाद, जलजला अच्छा लगता तुमको ।

मानो मेरी बात बादलो, उमड़ घुमड़ कर खूब डराओ ।
पर बूँदाबादी करते करते, लहराते नभ में उड़ जाओ ।

मेरे देश के प्यारे बादल तू,क्यूँ बरसे यूँ ही मनमर्जी से ।
निर्बल जन सब तुम्हें पुकारें,बरस चुके,अब घर जाओ।

छाई हरियाली

सायली
छाई हरियाली
कुहुक कुहुक गाती मतवाली
कोयलिया काली ।

बरसे बदरा
नयनन बह गया कजरा
मुख उतरा ।

बांह पसारे
प्रियतम प्यारे जल्दी आओ
हृदय पुकारे ।

विरही विरहिन
राह निहारे बांह पसारे
प्राण पियारे ।

देश हमारा
झंडा ऊँचा सदा हमारा
लहराता हर्षाता ।

सावन आया
भाई आकर राखी बंधवाता
प्रेम बरसता ।

स्नेह का बन्धन

प्रेम के रस भरे पगे हुये, स्नेह के रंग में रंगे हुये ।
झूल रही है मगन बहन, बढ़ा पैंग को गगन छुये ।
दुख भरी सरिता हो या, मार्ग में पाषाण मिलें ।
अवलम्बन भाई का हो, बहना को प्यार मिले ।
रक्षा का बंधन हो,भइया का भी अभिनंदन हो ।
दिन हो या रात हो,सदा सुरक्षा काअहसास हो ।

सुन्दर स्वप्निल संसार रचे,खुशियो केअंबार भरे ।
भावों की बहती सरिता में, स्नेह भरे संवाद झरे ।
भारत माता की घरती पर,जन जन में प्यार पले ।
बेटियां सुरक्षित,स्वस्थ रहें,सबमें सच्चा प्रेम मिले ।
घृणा,द्वेष,विद्धेष भरी, इन निर्जन गलियों मे घूमें ।
घात लगाए मार्ग में अब , दुष्कर्मी अपराधी झूमें ।

प्रभु स्वीकारो विनती मेरी,अब कृपादृष्टि बरसाओ ।
बने बेटियां सबल सुदृढ़,अब उनकी लाज बचाओ ।
ना हो कोई दुखी बहन,ना कोई भाई अब बने कंस ।
ना हो कोई निर्वस्त्र द्रोपदी, अब ना झेले कोई दंश ।
यूँ ही अटल रहे इस जग में, भाई बहन का प्यार मधुर ।
राखी का यह अवलम्ब न टूटे,बरसे मधुर फुहार प्रचुर ।

भये प्रगट गोपाला

मन को मोहने वाला, प्यारा नन्दबाबा का लाला ।
वंशी की धुन सुन सुन, झूम झूम नाचें बृजबाला ।
गायों की पग धुन सुन सुन, नाचे कूदें बन ग्वाला ।
गोपियन संग रास रचाये, मदनमुरारी वंशी वाला ।

नरनारी सब झूम रहे, बन उपवन सब महक रहे ।
यमुना के संग तालतड़ागा,लहर लहर लहराय रहे ।
शीतल मंद बयार सुगंधित,आनंदित चहुँ ओर बहे ।
गोपाला के प्रगटन की धुन सुन, नैनो से अश्रु बहे ।

ताले टूटे, कटी बेड़ियां, सैनिक जेल के थे सोय रहे ।
माता बोली लेकर जाओ, यह मेरा बालक बचा रहे ।
घरे टोकरी मे कान्हा को,गोकुल नगरी थे जाय रहे ।
शेषनाग मतबाले हो कर,चरणो में शीश झुकाय रहे ।

यमुना प्यारी जल से भारी लहर लहर उफनाय रही ।
चरणो के स्पर्श को आतुर,वह अपना बेग बढ़ाय रही ।
कान्हा ने तब चरण निकाले,छूकर के वह शान्त बही ।
गोकुल पहुंचे नंद के द्वारे,अर्धरात्रि सब निद्रा मग्न रहे ।

यसुदा की की गोदी में रख,माया को ले संग चलत रहे।
कोऊ न जाने लीला न्यारी,प्रात भये जब प्रभु रोय रहे ।
जागी माता, गोदी में लेकान्हा , बार बार मुख चूम रही ।
भये प्रगट गोपाला की सुन्दर ध्वनि, चतुर्दिक फैल रही ।

बेटियों की व्यथा कथा

काश कोई देख पाता उसके अन्तर्मन की व्यथा ।
अनकही अनबुझ पहेली है जीवन जिसकी कथा ।

बेडियां जंजीर की यूँ नहीगुथ गईं उसके बदन से ।
बेदना में सिमट जो बैठी कह नहीं सकती व्यथा ।

जमाना भी देखता रहता है मूक बन कर रोज ही ।
जला कर मोमबती सड़क पर कर रहे जो रोशनी ।

उसके तले ही सह रही है दंड निरीह बन कर शेरनी ।
कौन जाने कब तक सिर छुपाये जी सकेगी रोज ही ।

काटने को बेटियों की यह बेडियां कौन आयेगा यहाँ ।
भेड़िये सद्दश घूमते हो रात दिन नर पिशाच भीजहाँ ।

जागती सी आस भी सांझ सी छुपने लगी है बदन में ।
द्रोपदी की तरह हो रहा चीर नारी का हरण हो जहाँ ।

करुणा भरी भारी हृदय से अपनी व्यथा किससे कहे ।
सब तरफ है द्दष्टि में केबल दुशासन दुर्योधन ही खड़े ।

करनी होगी स्वयं को श्रीकृष्ण से करुणा की पुकार ।
कृष्ण आयेगे काट देंगे बेटियों की बेड़ियां खड़े खड़े ।

कोई कह रहा था

कोई कह रहा था, जाने वाले जाने चले जाते हैं कहाँ ।
लेकिन भूल नही पाते उसके कर्मो को, न यहाँ न वहाँ ।

आया जब, सबने पलकें बिछाईं चौबीस कैरेट जानकर ।
किसी को क्षीर, तो किसी को नीर भी न मिला हार कर ।

फिर करेंगे स्वागत तुम्हारा, पच्चीसवीं जुबली समझकर ।
रात्रि बारह बजे से ही मनाते रहे, नववर्ष शुभ समझकर ।

निराशा के भंवर से निकल कर आशायें संजोये खुश हुये ।
संकल्प कुछ मन ही मन करते रहे, प्रभु से हाथ जोड़कर ।

भुला कर विगत दो हजार चौबीस की, हजारों कहानियां ।
दे गयीं जो दंश कई देशों को युद्ध की भयावह कहानियां ।

फिर संभाला स्वराष्ट्र को श्रीराम ने, भवन अपना बनाकर ।
हम भी मुस्कराये जब जब सुनी, सियाराम की कहानियां ।

आशायें बहुत सी बांध रखी हैं बीस पच्चीस से बर्ष भर की।
प्रभु कृपा हो जायेगी तो, पूर्ण होगी कामनाये जन जन की ।

राष्ट्र भारत भी अग्रसर होगा विश्व को देने दिशा सौहाद्र की ।
सर्वे भवन्तु सुखिनः विश्व बघुत्व भावना जन- गण -मन की ।

धूप, सुगन्ध

गुनगुनी धूप मे बैठ कर प्रिये, हम गुनगुना कोई गीत गायें ।
मधुर रस भरे सुगंधित भाव भर कर,गीत दोनो गुनगुनायें ।

गुनगुनाहट गीत की सुन कोई अपरिचित इधरआ न जाये ।
अति निकट आकर स्वयं को,उसकी दुर्गंध छाया से बचायें ।

दूर मत बैठो इस सुहानी धूप में, निकट आ सुगंध फैलाओ ।
अधर अघरों पर प्रियतमे भले ही मत धरो ,पर पास आओ ।

दिवस अवसान हो छाया करे, गोधूलि बेला दुर्गन्ध फैलाये ।
पूर्व इससे मान जाओ प्रिये,निकटआनंद ले सुगंध फैलाओ ।

कौन जाने कब तक इस जगत में, धूप सुगंधित ले सकेंगे ।
समय का सूर्य भी अस्ताचल में, धूप के संग ही जा छुपेंगे ।

अब हमारा गात भी उतरती धूप सद्दश, ढलता जा रहा है ।
कामना प्रभु से करो, न हो छांव, दुर्गंध, सुख से जी सकेंगे ।

इस ठिठुरती ठंड में प्रभु कृपा से, गुनगुनी धूप हमको मिली ।
गीतों की सुगंध ले धूप में भी हमें , मधुर प्रेमरस प्याली मिली ।

पर उनकी ठंड, ठिठुरन कैसे बचे, जो निर्वस्त्र गलियों में पड़े ।
दुत्कारते दुर्जन जिन्हे, छायी मलिन दुर्गन्ध ही जिनको मिली ।

समय तू धीरे धीरे चल

मीत मिलने आ रहा है , समय तू धीरे धीरे चल ।
प्रतीक्षा हो रही अब कठिन,रहा अंग अंग मचल ।

नयन अपलक निहारते है राह, दिन ढल न जाये ।
दर्शन पाऊँ न जब तक,हे!समय तू धीरे धीरे चल ।

प्रणय की रागिनी भी आतुर, हो रही झंकार बेकल ।
उदिग्न मन साधता हूँ, जो पलपल हो रहा है विकल ।

बहुत समझाता उसे धरो मन धीर, मिलन है अवश्य ।
सूर्य अस्ताचल न पहुंचने पाये,समय तू धीरे-धीरे चल ।

आह देखो आ गई है मीत मेरी, है सांध्य बेला भी अटल ।
सरिताआ रही हो ज्यों ,सागर मिलन को फैलाये आंचल ।

ज्वार मुझमें उठा, सागर की तरह मीत सरिता मिलन को ।
हो गया सानिध्य मेरा मीत से, अब समय तू धीरे-धीरे चल ।

प्रीत की धारा बह उठी, अधर मधुरस से भरे उसके तरल ।
नयन नयनो से जुड़े जव,गात उसका हो गया बेहद विकल ।

अब न कोई शोर हो, ना इस आनंद के पल में कोई खलल ।
भोर तक, बीते न बेला मिलन की, समय त् धीरे-धीरे चल ।

देश का गीत

भारतवर्ष देश हमारा है विश्व में सबसे न्यारा,
यह है हर भारतीय के जन गण मन को प्यारा,

पूर्वकाल में एक बार जब भरत ने सिंह पछाड़ा,
तब से इस देश भारत का नाम जपे जग सारा ।

सत्य अहिंसा प्रीति पगी पावन प्रेम की धरती,
करुणा निधान राम की सीता त्याग की घरती,

दुष्ट दलन को अवतारी राम ने रावण संहारा,
धर्मार्थ कृष्ण के प्रेम की भी युद्ध बनी नियती ।

शनै शनै कलियुग भी जव से इस जग में आया,
भौतिकता ने भी तब से ही जनमन को भरमाया,

आध्यात्मिकता मार्ग कठिन था उन्हें अपना पाना,
स्वार्थ के वशीभूत होकर द्वेष पूर्ण मार्ग अपनाया ।

जब तक साधू संत रहे प्रभु रामनाम के चिंतक,
तुलसी मीरा रसरवान सूर भी रहे थे प्रेम प्रदर्शक,

राजनीति में संतो को भी लाकर सत्ता ने भरमाया,
समरसता सद्भाव भूल कर वह बन गये विध्वंसक ।

सीमा के प्रहरी सैनिक जैसे करते हैं सेवा पल पल,
कर देते अपने बल से दुश्मन का भी सब बल दुर्बल,

कभी न पीछे हटते देकर जान है देश सुरक्षित रखते,
जय हिन्द कहो, करो हिन्द की सेना का मान दलबल ।

मर मिटने की बाते सब जन हैं, सबसे पहले ही कहते,
कटने बटने का उद्‌घोष वोट हेतु ही हैं सब नेता करते,

चाहे आपस में बंट जाये हम , पर एक होने को कहते,
आदर्शो की दुहाई देकर, खुद अनुशासनहीन ही रहते ।

आओ हम सब संकल्प करे ,रहेगे भाई भाई बनकर,
बंधुत्व विश्व कर पायेंगे जव रहेंगे सब मिलजुल कर,

राष्ट्र हमारा सबसे प्यारा भाव भर दें हृदयों में सबके,
पुष्प प्रेम का अंकुर जागे, राम रमा मय गायें घर घर ।

हाल बेहाल है

सामने आकर हाल पूछ लेना तो, बहुत दूर की बात है।
कभी सपने में ही आ जाते तो, बीमार ही नही ही नहीं पड़ता।

किसी दोस्त की यादो में यूँ मशरूफ रहता हूँ, मै इस कदर ।
कामकाज की तो बात ही मत करो, खुद मुझे अपना ही ख्याल नही रहता ।

मिजाजपुर्सी करे कोई मेरी, यह मुझे कतई पसंद नहीं ।
दर्द दिल की दबा दे दे कोई मुझको, यह अलग बात है।

हाल अच्छा है, यह तो सब पूंछते हैं मुझसे ।
हालात कैसे हैं, यह कोई नहीं पूंछता ।

चांदनी रात में शोख घनेरी जुल्फों का जुल्म तनहा रहने नही देता।
और तनहाई का दर्द इतना बेरहम है कि न मरने देता है न जीने देता ।

हमें कोई मलाल नही परवाने की तरह शमा से मिलकर जो जल मरे।
खुशी तो इस बात की रही कि हमारे जल मरने पे भी लोग ईर्षा मे जल मरे ।

दिल आज शायर है

1- नूर उसका कुछ इस कदर, छाया है मेरे दिल पर, मुझे मेरी परछाई मे भी, वही वह नजर आता है।

2- जरा सी आहट होते ही ताकने लगता था, स्या अधेरे में राहो को,क्यों कि दिन के उजाले में तो राहे , सुनसान हे नजर आतीं थी।

3- उसके आने की आइट ने कुछ इस कदर रोशन कर दिया घरौंदा मेरा, चूँ लगा कि मानो आसमां से खुद चांद उतर आया हो।

4- बहुत कुछ लिखता रहा तुम्हारे लिये कि शायद तुम एक दिन जरूर पढ़ लोगी, पर एक भी पन्ना पलट कर देखा तुमने ।

5- आज जब आंखों की रोशनी हो गई है कमतर, तब समझ पाया कि तुमने तो मेरी आखो से कहा हे सुनना चाहा था ।

भागता बचपन

मन प्रफुल्लित, तन प्रफुल्लित, मुस्कराता सा गात उसका ।
देह की सुध भूल हंसता हंसाता, दौड़ता जब चक्र उसका ।

दे रहा अनुभूति हमको सुखद,दौड़ना नग्न नंगी सड़क पर ।
कह रहीं आँखे विहंसती,अब सुखद होगा भविष्य उसका ।

भुला कर कष्ट माया ने दिये जो ,जगत में निर्धन बनाकर ।
अकेला ही चल पड़ा समय को, साधता जो चक्र बनकर ।

कोई क्या करेगा उसका, जो चक्र को नियंत्रित कर रहा ।
हो रहा गतिमान पीछे देखे विना साहसी उल्लासभर कर ।

छोड़ कर छाया हरित जा रहा,धूप में निश्चिंत सड़कों पर ।
भरोसा है उसे, अपने पुष्ट संस्कारिक बनाते श्रम विन्दुपर ।

जीत लूंगा हर कठिन प्रतियोगिता, अडिग विश्वास उसको ।
देगा बधाई फिर उसे निष्ठुर जगत उस का सहभाग बनकर ।

देखकर आकाश से देवता उसको,ईर्श्यालु हो सराहते होगे ।
दिया था दुर्भाग्य, निर्धनता उसे,पर देख स्मित सोचते होंगे ।

धरा पर कौन है मनुज जो, मिले दुर्भाग्य पर भी हंस सके ।
शायद एक प्रभु ही उसे उसके, कर्म फल से संभालते होंगे।

बड़ी ज़ोर की कविता आई है

कविता की है सौगंध मुझे, मेरी कविता अकुलाई है ।
लिख रखी थी पहले ही,उसकी स्मृति ही अब आई है ।

श्रोता कोई मिला नही, कविता अब किसे सुनाऊँ मै ।
शायद पत्नी ही सुन ले, बड़ी जोर की कविता आई है ।

बड़े प्यार से उसे बुलाया, तब चुपचाप चली वह आई है ।
हाथ पकड़ मैने स्नेह दिखाया, अनहोनी से वह घबराई है ।

हिम्मत करके उसे बिठाया, उसे देखकर मै फिर मुस्काया ।
हाथ छुड़ाया भागी, मै बोला बड़ी जोर की कविता आई है ।

क्रोधित होकर बोली मुझसे, अब क्या शामत मेरी आई है ।
सुनना नही तुम्हारी कविता,अंगड़ाई लेभीतर घर में धाई है ।

पीछे पीछे मै भी भागा घर में,पर पट वन्द कर लिये उसने ।
रिरियाया, बोला सुनो प्रिये, बड़ी ज़ोर की कविता आई है ।

कुछ घवराती , शरमाती बोली, मेरे पेट में गैस बनआई है।
मेरा दिल भी घड़क रहा है , पता नही क्या आफत आई है।

मै फिर बोला सुनो प्रिये, केवल एक बार सुन लो कविता ।
पट खोल कहा, सुनो , मुझे बड़ी जोर की कविता आई है।

कोई हाल पूछे तो

कोई हाल पूछे तो, यह बता देना,बेहाल हूँ मैं ।
पुरसाहाल नहीं है मेरा, पर नही कंगाल हूँ मैं ।

जवानी में तो सभी पूछते थे, रोज हाल मेरा ।
बुढ़ापे में सभी के लिये,अब जाने बवाल हूँ मैं ।

कोई हाल पूछे तो, पूछना उससे, तुम कैसे हो ।
लगता नही, तुम्हे कोई भी पूछता होगा,ऐसे हो ।

ऐसे वैसे को तो मैने, कभी मुंह लगाया ही नहीं ।
कभी कोई मिल गई थी,कहती थी, बड़े वैसे हो ।

कोई हाल पूंछे तो, कभी यूँ मुस्करा कर कहना ।
अब आ ही गई हो तो, जिन्दगी भर साथ रहना ।

तड़पता छोड़ कर,चुप चाप मत चले जाना तुम ।
निभाऊंगा सभी रस्में, कसमें, घर बसाये रखना ।

कोई हाल पूछे तो कहना, चिन्ता की कोई बात नहीं ।
सहारे शहर के सारे विसारे, अब किसी का डर नही ।

पा लिया मैने सुख सत्य को, श्री सीताराम के सहारे ।
जब श्री रघुनाथ साथ हो, तो कष्ट की कोई बात नही ।

पल पल दिल के पास

विरह की बेदनायें जव, टीस सी देने लगती है।
स्वांस भी उच्छवास भर कर, चलने लगती है ।

अहसास होता तुम्हारा, पल पल दिल के पास ।
तुम्हारी शीतल अनुभूति,प्यास बुझाने लगती है ।

जव याद तुम्हारी आती है, शुभ्र चांदनी रातों में ।
याद आते है बहुत, तुम्हारे तिरछे नयन रातों में ।

सताती हो रह रह कर, पल पल दिल के पास ।
एक परछाई सी तुम्हारी, लिपट जाती है रातों में ।

बोल मीठे, ओंठ भीगे, केश काले, घुंघराले तुम्हारे ।
याद आते है बहुत उन दिनों के राग, हमारे तुम्हारे ।

झूम उठता हूँ जब , तुम हो पल पल दिल के पास ।
गूंजती हैं शहनाइयां,पहले मिलन की हमारे तुम्हारे ।

समय के साथ साथ, बहुत कुछ पीछे छूट जाता है ।
जवानी ढल रही होती , व्यर्थ का मान टूट जाता है ।

याद करता मैं प्रभु को, रख पल पल दिल के पास ।
मोह स्वयं से दूर करके ,भव बंधनो से छूट जाता है ।

धसेहर संभाल कर रखना

भारत भूमि हमारी पावन, सोंधी सुगंध से भरी धरा ।
उत्तुंग हिमालय मुकुट सरीखा,दक्षिण भी है हरा भरा ।

मेरे प्यारे भारतवासी,तुम धरोहर संभाल कर रखना ।
धर्म अनेकों इसी घरा पर, सब में अनुपम प्यार भरा ।

आदर्श हमारे है बेद युक्त,होआचरण रामचरित जैसा ।
राष्ट्र प्रेम की धारा बहती, कर्म बने भगवदगीता जैसा ।

सत्य,अहिंसा के भावों की, धरोहर संभाल कर रखना ।
करना पड़े युद्ध यदि कोई, रण करो महा भारत जैसा ।

भारत में बाहर से आकर , कितने ही आक्रान्ता आये ।
बस कर भारत में भारत पर, प्रभुसता को ही अपनाये ।

संघर्षो से मिली आजादी, अब घरोहर संभाल के रखना ।
रहना सदा एक होकर, कोई दुष्ट विदेशीअबआ ना पाये ।

संस्कृती हमारी मिटे नही, अपना इसको, पोषित करना ।
पल्लवित रहें संस्कार हमारे, भरसक प्रयास जारी रखना ।

विश्व गुरु राष्ट्र हमारा, सनातनी धरोहर संभालकर रखना ।
विश्वबंधुत्व संकल्प बने, परस्पर सब मिलजुल कर रहना ।

वक्त क्या क्या रंग दिखाये

वक्त क्या क्या रंग दिखाये, हम अभी तक समझ न पाये ।
कौन है अपना कौन पराया, दुविधा में हम सभी समाये ।

जिसको समझा हमने अपना, उसने इस दिल को तोड़ा ।
नहीं संभाला हमने खुद को,वक्त ने क्या क्या रंग दिखाये ।

बचपन बीता, मिली जवानी, कलियां खिली, चमन मुस्काये ।
दो से चार हो गये हम जब ,अर्थ अर्जन में बहु बरस गंवाये ।

वक्त क्या क्या रंग दिखाये, खुशी दिखाई, मेरा घर बनवाया ।
सबने सुन्दर परिवार बढ़ाया, सयुंक्त रह रहे परिवार घटाये ।

इसी तरह दुनियादारी में, हमें वक्त ने क्या क्या रंग दिखाये ।
सामाजिक ताने-बाने को,छिन्न भिन्न कर, नेता सत्ता में आये ।

उन्माद धर्म का पैदा कर, विद्वेष,घृणा से मनमुटाव फैलाया ।
करते हैं प्रार्थना प्रभु से, प्रेम करें सब और सुख शांति आये ।

मैं धरा की धूल

मै धरा की धूल, नक्षत्र हो तुम गगन के ।
पा सकूंगा कैसे ,निवासी हो दूर नभ के ।

भावनाओं से भरे,अतृप्त से मन सब के ।
मिलाओ बूंद वर्षा की,बने चित्र मूरत के ।

मै धरा की घूल,चाहती शीश पर चढ़ना ।
सैनिको के मार्ग को,सुन्दर सरल करना ।

धरा हो शीश जब धरा पर, नमन करना ।
सन्नद्ध हो जब युद्धको,मस्तक पर रखना ।

मै घरा की धूल, राधे के चरणों में रहना ।
कृष्ण जब आयें तो,चलो धीरे से, कहना ।

मिट न जाये चिन्ह राधा प्यारी के, कहना ।
सजा लूंगी मांग में उसको, प्रेम से कहना ।

मै धरा की धूल, प्रदूषित मुझे मत करना ।
ध्येय है अन्न, फल, पुष्प पल्लवित करना ।

बीज बोना, सींचना,खेत की रक्षा करना ।
भंडार भर दूंगी, सुखी बन प्रेम से रहना ।

याद बहुत आती है

नंगा बदन, गीली माटी में लिपटा,
डर भय भी, मेरे नयनों में सिमटा ।

चुप हूँ, मुख से कोई,बयन न फूटे,
कौन बताये, कैसे कहूं,कैसे रपटा ।

बचपन की उस, मस्त पिटाई की,
अब भी मुझको,याद बहुत आती है।

संगी साथी भी जब, छूट गये सब,
बस्ते लादे रोते रोते, स्कूल गये जब ।

रटे पहाड़े, गणित भी , पिटते - पिटते,
होते देख पिटाई सबकी, हंसते रहते ।

दौड़ लगाना, छुट्टी का घंटा बजने पर,
घर,माता की गोद, याद बहुतआती है।

गली मोहल्लों में मस्ती, मौज मनाना,
तांक झांक कर मुस्काना,छिप जाना ।

उत्तर में मेरे, उसका भी शरमा जाना,
बाग बगीचों में छुप छुप कर मिलना ।

घर वालों की, हमारी इस हरकत पर,
विकट प्रतिक्रिया, याद बहुत आती है।

शादी में रिस्तेदारों की, भीड़ का आना,
उन सबका आपस मे भी, खिसियाना ।

गाना बजाना, नाचनाच कर, थक जाना,
भांवरे पड़ी, घर में आकर मौज मनाना ।

बाबा दादी का हम से, प्यार दिखा कर,
बच्चों की चाहत, याद बहुत आती है ।

हो गये वृद्ध हम दोनो , संसार बसा कर,
भरापुरा परिवार,सुखी आधार बनाकर ।

देख देख कर, प्रेम करते, कभी न लड़ते,
मन हरषाता जब,खेलते हों गिरते पड़ते ।

गतिमान समय ने चाल चली,वह चली गईं,
आती रात अंधेरी,वह याद बहुत आती है।

हे ! राम

हे राम, यह कैसे लोग तुम्हारे ।
कहते है कुछ लोग, धर्म का पालन नही करेंगे ।

करते कर्म, कुकर्म, अधर्म, प्रेम पुनीत नहीं करेंगे।
क्यों सोये भाग्य हमारे, हे राम, यह कैसे लोग तुम्हारे ॥

चुनते हैं दीवार संदेह की, करते नही मूल्यांकन सत्य का ।
तुम क्या पालन कर पाओगे,जब धर्म तुम्हें ही छोड़ रहा है ।

अज्ञान, अंध विश्वासों की बेड़ी ने जकड़ लिये है पैर तुम्हारे ।
करते नही प्रयास मुक्ती का, हे राम, यह कैसे लोग तुम्हारे ॥

ठेकेदार धर्म के बनेहुये हैं, जो ना कभी धर्म को समझे ।
अपने जीवन जैसी कहते,व्याख्या धर्म अधर्म की करते ।

धर्म प्रकाश है, नही अंधकार है, प्रेमामृत नही, है अहंकार ।
फैलाते सबओर घृणा, द्वेश, कुविचार, अज्ञानता के मारे ।
ठेकेदार धर्म के बन बैठे हैं, हे राम, यह कैसे लोग तुम्हारे ॥

मिले जीव को सुन्दर जीवन, विज्ञान हो आधार का ।
मिटे कुरीतियां जीवन से, अंधी शुद्धा छूटे कुटिल जाल से ।

लेकिन यदि आध्यात्म त्याग, मिथ्या अपना कर दृष्टिकोण,
मिटी के ढेले से विखर जायेंगे,हे राम,यह केसे लोग तुम्हारे ॥

आओ हम सावन हो जायें

सावन में जब गीली मिट्टी, मक्खन बन पांव पसारेगी ।
पौधों पर कोंपल मुस्कायेगी, सरलता, सौम्यता, मुस्काहट,
आनंद प्रेम बसायेंगी, जब मन डोले नाचे गाये,
तब आओ हम सावन हो जायें ॥

शिव की उँगली पकड़, पकड़, सावन में अपने पांव धरो ।
भक्ति भाव गंगाजल से तुम, प्रेम पंचामृत का स्नान करो ।
जव शिवमय, मन होना चाहे, तब,आओ हम सावन हो जायें ॥

शिव तत्व समझ आ जायेगा, तप करो, अपर्णा बन कर तुम ।
पावन मन, पार्वती जैसा कर के, दर्शन पा जाओगे, शिव के तुम ।
जब लगे, तपस्या सफल हुई, तब, आओ हम, सावन हो जायें ॥

सब भूल, पुरातन बातों को, आओ कुछ नव निर्माण करें
जन के दुख, क्लेश मिटाने को, विष पीकर अमृत बांटो तुम ।
नफरत , हिंसा का त्याग करो, हरियाली दिल पर छा जाने दो।

मन करे अगर कुछ गाने का तब, आओ हम सावन हो जाये ॥

भाव गीत

सखी मै कैसे करूँ सिंगार।
सीमा पर मेरे प्रियतम हैं,
मन में स्मृति ही हर दम है।
हर पल जीवन - मरण मचा है,

फिर, सरवी मै कैसे करूँ सिंगार ।।

बादल उमड़ घुमड़ कर आते,
गरज – गरज विरहा को गाते।
मन में हर पल आग लगाते,
छेड़ रही बरषा की फुहार।

फिर, सखी मैं कैसे करूँ सिंगार ॥

हरीतिमा हर ओर सजी है,
हरियाली की तीज धरी है।
घर आंगन सब महक रहे हैं,
कौन करे मुझसे मनुहार।

फिर, सखी मैं कैसे करूं सिंगार ॥

सकारात्मकता

अब तुम्हीं कहो मित्रो, सकारत्मक कैसे रहें ।
जमाना खराब है, संभलकर रहो,
सीख देते हैं सभी, बड़े बुजुर्ग और दोस्त ।
अपनो से विदा लेते भी हम कहते,
चिंता रहेगी तुम्हारी, अपना ख्याल रखना।
प्रियजन की इस स्नेहिल चिंता में,
अब तुहीं कहो मित्रो, सकारात्मक कैसे रहें ॥
सभी सूचना तंत्रो पर, आती खबरें दुख की,
विपदा, हिंसा, बीमारी का बोल वाला ।
अब कोई मारग विपदा से मुक्त नहीं,
फंसे है सब मुश्किल , दुष्कर समस्यायों में ।
हर कोई घृणा, विद्वेष नकारात्मक ही दिखे,
तब, तुम्ही कहो मित्रो, सकारात्मक कैसे रहें ॥

आशावान रहो, निश्चित रहो, प्रेरक गुरु बताते,
कुछ अनुरूप नही जीवनमें, तब क्या कर पाते ।
उम्मीदों के दीपक जले, उसके हित साधन को,
पर आशाओं की बाती, कही भी नही दिखती ।
तब तुम्हीं कहो मित्रो, सकारात्मक कैसे रहें ॥
सन्त महात्मा कहते, केवल दुखी वही है मित्रो,
इस शरीर से जो करता मोह, मोहित अपनेपन से
अपने भविष्य को अन्तर्मन की, आखो से परख कर,
यदि सुन्दर स्वच्छ सुरक्षित जीवन की आशा बांधोगे ,
नैराश्य, नकारात्मकता का टूटेगा, आवरण अवश्य ।
तब, तुम्ही कहो मित्रो, हम सकारात्मक क्यों न रहें ॥

श्रीराम से प्रार्थना

राम ! तुम मेरे मन मंदिर में ही रहना ।
सुना है हमने, फिर तुम लौट अयोध्या आये ।

भ्रमित हुआ मेरा मन, क्या सच में वापस आये ।
राजा ने मंदिर बनवाये और सजाये तोरण द्वार ।

पहले थे जय श्रीराम, अब हो गये जय सियाराम ।
फिर से लीला राम करेंगे,आज यही सबका कहना ।

लेकिन राम, तुम मेरे मन मंदिर में ही रहना ॥
बालक बन कर तुम आओगे,नपुर ध्वनि सुनवाओगे ।

कंकण किंकिणि ध्वनि से, मात पिता को हरषाओगे ।
या फिर गुरु के संग जाकर, वध ताड़का कर आओगे ।

या जनकपुरी मे जाकर, फिर से शिव धनुष उठाओगे ।
या नियति के कैकेई वश, फिर से वन में जाकर रहना

लेकिन राम, तुम मेरे मन मंदिर में ही रहना ॥
लीला वन मे भी होगी, सूर्पणखा की नाक कटवाओगे ।

फिर स्वर्ण मृग के कारण, सीता का हरण करवाओगे ।
डर है,कहीं शबरी के मीठे बेर,कहीं दूर न कर दे मुझसे ।

सुग्रीव और हनुमत जैसे मिल जाये, तव कहना क्या ।
फिर लंका दहन करा, विभीषण को तुम गले लगा लेना ।

लेकिन राम, तुम मेरे मन मंदिर में ही रहना ।
शिवभक्त रावण को भी, अपने धाम भेज कर के तुम ।

केवट, भील, गुहय को, अपनी भक्ति दान देकर तुम ।
भ्राता भरत को जीवन दे, प्रेमामृत प्रदान करके तुम ।

केकेई की आत्मग्लानि मिटा , अभय प्रदान कर तुम ।
राजसिंघासन पाकर , राम राज्य स्थापित कर के तुम ।

लव कुश के मृदुल पिता वन, सुराज संचालित करना ।
लेकिन राम, तुम मेरे मन मंदिर में ही रहना ॥

मानव या दानव

यह कैसे कठपुतली मानव ।
अवसरवादी, दो मुह वाले ।
सिद्धान्तहीन, वाणी में बाण लिये,
पर हाथों में खुद को ही बांधे ।
यह कैसे कठपुतली मानव ।।

जिनकी अपनी कोई न भाषा,
झूठ, कपट, निंदारस चारवा ।
बने ज्ञानी विज्ञानी, पर हैं दानव ।
यह कैसे कठ पुतली मानव ।

है इतने फारवर्ड, विन देखे फारवर्ड करते ।
मोबाइल से दिन रात , निंदा द्वेष हैं करते ।
जिस का जीवित रहेते तो कुछ कर न सके,
वे ऐसे लोगों की, मरने पर हत्या कर देते ।
ऐसे विषपायी लोगों का, क्यों सहते ताँडव ।
यह कैसे कठपुतली मानव ॥

उनका मन मस्तिष्क सभी, कोई संचालित करता ।
डोरी और किसी हाथों में, अपना है असतित्व नहीं ।
जीवन जिनका बना है बंधक,अपना कोई ज्ञान नही ।
ऐसे वह फारवर्ड बने है, दूर बहुत चिंतन से मानव ।
यह कैसे कठपुतली मानव ॥

स्वतंत्रता दिवस

आओ आज मनायें हम सब, स्वतंत्रता की पावन तिथि को ।
सर्वप्रथम हम याद करें उन सबको,
जिनकी आहुति से यह हमने पायी ।
तन - मन - धन सब स्वहा करके जो,
हो शहीद दे गये स्वदेश हम सबको ॥
आओ आज मनाये हम सब, स्वतंत्रता की पावन तिथि को ।

आओ याद करे उस, दिव्य मानव को,
जिसने अहिंसा, शिक्षा दी हम सबको ।
उस दुबले पतले, महा मानुष को पाकर,
धन्य हुई भारत भूमि,कह राष्ट्रपिता उसको ।
आओ आज मनायें हम सब, स्वतंत्रता की पावन तिथि को ।

आओ देखो विचित्र झांकी, अब के हिन्दुस्तान की ।
नेता उनको गाली देते, जिन बाजी लगाई जान की ।
सर्वस्व त्याग, गये जेल में , गोली खा कर जान दी ।
अंग्रेजों ने आग लगाई, हिन्दू- मुस्लिम अपमान की ।
हिंसाऔर भेदभाव की, भारत माता के सम्मान की ॥
आओ आज मनायें हम सब, स्वतंत्रता की पावन तिथि को ।

हमारे पूर्वज

हम जो भी हैं, जैसे हैं।
हम जो है, जैसे हैं और जो होने की क्षमता है,
यह पूर्वजों का बरदान है, मन यही कहता है ।
यह तो निरंतरता है,ज्यो विशाल नद बहता है ।
जिसके एक सिरे पर हम हैं,दूजे कर्ता धर्ता है ।

चाहोगे नद को समझना, पहले स्त्रोत पता होना है ।
एक छोर पर्याप्त न समझो, छोर दूसरा भी होता है ।
ऐसे स्वयं को समझे, तब मन उनकी पूजा करता है ।
पह भी अकाट्य सत्य है, उनसे ही व्यवहार सर्जता है ।
लेकिन यह भौतिक समानता है,उनसे ही समरसता है ।

उप आसन से मिल सकता है, उपासना का शुभ अवसर ।
पास बैठ कर अपने प्रभु के, ज्ञानसरोवर मे डूबो जी भर ।
कोई पुस्तक या सुनी-सुनाई, देती नही समझ का अवसर ।
जिसके समझ भरी है अंदर,आ जाते प्रभु निकट विहंगवर ।
प्रेम कृपा वरषाते हम पर, पितर हमारे निकट पहुंच कर ।

हम से जुड़कर हमें बताते, हम उनके विस्तार विशद भर ।
हमसे करते यही अपेक्षा, शुद्ध चित्त हो सदा श्राद्ध कर ।
तृप्ति प्रेम कर्म से मिलती, तभी कृपा करते वह जी भर ।
दैनिक कार्यो से फुरसत ले , थोड़ा समय उन्हे भी दे कर,
श्रद्धा से पूजा सेवा कर, लोक परलोक सुधारो श्राद्ध कर ॥

बंदिशे

ये जो कांच के घेरे हैं, स्वतः ढह जायेंगे एक दिन ।
ये जो बंदिशे रोकती हैं, मिट जायेंगी एक दिन ।

ये जो बंदी आत्मा है घर में, खुल जा येगी एक दिन ।
उन्मुक्त हो इन मेघ की बूंदों में,मुस्कायेगी एक दिन ।

रोग हो या भोग बंदिशों के मातहत, मानना पड़ता है ।
बंदिश समाज की या राष्ट्र रक्षा की, मानना पड़ता है ।

रोकती बंदिशे जब उन्मुक्त प्यार को,मानना पड़ता है ।
बंदिशें जब छेड़ती हैं राग, स्वर तब, मानना पड़ता है ।

बादल उमड़ घुमड़ कर आते, गरज गरज विरहा गाते ।
मन पर हर पल आग लगाते, सता रहीं बरषाती रातें ।

मन में हर पल प्रियतम है,बंदिश में प्रियतम का प्यार ।
इतनी बंदिश लगी हुई हैं, सखी मैं कैसे करूं सिंगार ।

सलिले तुम कितनी पावन हो

सलिले तुम कितनी पावन हो ।
मधुरस की मीठी मीठी जल धार हो तुम ।
प्रियतम के मोहित मन का प्यार हो तुम ।
तुम कितनी स्निग्ध, विरल, लुभावन हो ।
सलिले तुम कितनी पावन हो ॥

मेरे मन की मनमोहक, सुखद, सुगंध हो तुम ।
अधियारे में तन की आलोकित किरण हो तुम ।
तुम ही तो सदा, हमारे मौन हृदय की आहट हो ।
सलिले तुम कितनी पावन हो ।

तेरी पावनता तो, पतितों को भी पार लगाती है।
राधे कृष्णा का भरपूर मधुर प्यार दिखलाती है ।
तुम ही हमारे प्रियतम की परमप्रेम संवाहक हो ।
सलिले तुम कितनी पावन हो ।

प्रियतम तुम, अब और प्रतीक्षा मत करवाओ ।
सलिला की ऊंची लहरों पर,चल के आ जाओ ।
सलिले तुम अपनी, लहराती लहरो की आइट में,
प्रिय का संदेश सुना,मन प्रफुल्लित कर देती हो ।
सलिले तुम कितनी पावन हो।

कागज की नाव

नही किनारे जल के भीतर,
लहर लहर लहराती नैय्या ।
कागज के टुकड़ो से बनकर,
जीवन गीत सुनाती नैय्या ॥

बचपन की विस्मृत क्षणिका को
फिर से याद दिलाती नैय्या ।
आओ भैय्या हिलमिल खेलें,
स्नेह सिक्त दुलराती नैय्या ।

जल को जीवन डगर समझकर,
तीनों ताप दिखाती नैप्या ।
बिन मांझी अथाह सागर में,
प्रभु की याद दिलाती नैय्या ।

आओ प्रियतम निकट हमारे,
बूंद बूंद स्वर गाती नैप्या ।
विरह वेदना की इस वेला में,
पिय का आभास दिलाती नैय्या ।

हमारी नभ सेना

आओ नमन करें हम उनको,
थल से नभ तक, जीत रहे जो ।

भेद गगन की सीमाओं को,
शत्रु को भयभीत कर रहे जो ।

उनकी शौर्य पताका फहराये,
जीवन देकर, रक्षा करते है जो ।

भारत माता के सच्चे सपूत है वह,
सदा सतर्क जागते रहते हैं जो ।

नये नये नित प्रतिमान बना कर,
विश्व विजय को , देख रहे हैं जो।

भारत माता को गर्व है उन पर,
सच्चे सपूत बन जीत रहे जो ।

शौर्य उन्ही का हम आओ गायें,
निशि दिन राष्ट्र की रक्षा करते हैं जो ।

विनोद अग्निहोत्री

चिड़ियां

फुर्र फुर्र करती आतीं चिडियाँ ।
दाल का दाना खातीं चिड़ियां ।
चीं चीं करके हमें बताती,
रहो प्रेम से कहतीं चिडियाँ ।

उड़ उड़ कर वह हमें चिढ़ातीं,
गोरी, काली, सुन्दर चिड़ियाँ ।
कोई छोटी, बड़ी दिख रही,
फिर भी मिल कर रहतीं चिड़ियाँ ।

कभी कभी काला कौआ आ जाता ।
उसे देख कर, उड़ जाती चिडियाँ ।
पुनः दुवारा, अपने घर में आकर,
फिर प्रेम से दाना, खातीं चिड़ियाँ ।

मेंहनत कर तिनकों को लेकर,
घर अपना बनवाती चिडियाँ ।
फिर उसमें परिवार बना कर,
दूर कहीं, उड़ जातीं चिड़ियाँ।
जब जब आंगन, खाली रहता,
बहुत याद तब, आती चिड़ियाँ ।

भक्ति - कर्म

कर्म जब पूजा बन जाये,
तब क्या मंदिर, क्या प्रयोगशाला ।
मानव तीर्थाटन भी करते,
करते पूजा पाठ भी खूब ।
फिर भी शान्ति नहीं मिलती है ।
बढ़ती है जीवन से ऊब ।

दिन भर झूठ फरेब में रहते,
मंदिर में हम सब धन- फल वर्षा भी करते।
भजन, कीर्तन, भोग, दक्षिणा कभी न फलते ।
जब पूजा कर अपराध भी करते ।
कर्मकांड, पूजा पाठ भी है महत्वपूर्ण ।
फलदायी होंगे तब, जब होगे निस्वार्थपूर्ण ।

ईश्वर तो है ही यत्र तत्र सर्वत्र विद्यमान,
भक्ति प्रभावी है तो कर्म भी शक्तिमान ।
सत्कर् करो, कर्म अर्चना बन जायेगी ।
कर्म की प्रयोगशाला भी पूजा बन जायेगी ।
गीता में अर्जुन शीतल, दुर्योधन उमस -उमस ।
अर्जुन तो है प्रकाशपुंज, दुर्योधन तमस तमस ।
प्रभु को केवल निर्मल मन, शुद्धाचरण ही भाता ।
दुष्ट हृदय,आचरण रहित,नहीं वह ईश्वर को पाता ।

सच्चा दर्शन

संशय, भ्रम या भूल भुलैमा,
यह सब है गफलत के आंग ।
कैसे जिये असलियत में हम,
नहीं जानते हम जीने के ढंग ।
मोह माया लोभ, लालच में,
भूल गये खुद को भी हम ।

भ्रम, दुख , लाभ, हानि सब,
आस, निराश के भंवर में फंस ।
सुख शान्ति की खोज कर रहे,
स्वयं के अंदर अब नहीं देख रहे ।

मृग मरीचिका बन जल की छाया,
भ्रमित कर रही है जग की माया ।
हैं घर में ही, पर हैं दूरस्थ बताते,
गुरु बिन हम सत्य जान न पाते ।

भजन कीर्तन ब्रत पूजा ही भक्ति नही है ।
जिससे, श्वांस, शक्ति हो अनुभव,
उस ईश्वर को जान पाओगे तब।
गाफिल वन कर हम बहुत जी लिये,
अब अनुभव ले कर साधक हो रहिये।

जीवन सार्थक तब ही हो पायेगा,
जब मन में, प्रभु दर्शन हो जायेगा।

नेता

नेता तो नेता होते हैं, ताने सुनने के आदी होते हैं।
कभी गरीबों के रक्षक, कभी भक्षक बन जाते है।

कभी अपनी टोपी को, जनता के पैरों मे रखते हैं।
कभी उसी जनता की, टोपी को उतार ले जाते है ।

भारत में नेता बनना, हर गरीब का सपना होता है।
लेकिन नेता बनजाने पर,गरीब का दुश्मन होता है ।

बातें बड़ी बड़ी, काम छोटे,नेता की आदत होती है।
सत्ता से मोह नही,पर सत्ता चिपकू आदत होती है।

जब जब बाढ़ अकाल पड़े, नेता की तो बन आती है।
सेवा मदद नाम से जारी, आधी धनराशि घर जाती है।

हास्य व्यंग्य के स्थायी नायक, नेता को माना जाता है।
चुनाव आते ही सब नेता,धन कुबेर गरीव हो जाता है।

देख देख कार्टून व्यंग्य नेता के, सबके मन को हर्षाते हैं ।
पर अवसर पाते ही नेता, जनता को बहुत ही तड़पाते है।

जब कोई उत्तम , सात्विक नेता, नेता समाज मे आता है।
वह बेचारा बेगाना बनकर,अछूत बनकर ही रह जाता है।

ठिठुरन

कैसे कहूँ, किससे कहूँ, जब हिय को
डराती ठंडी लहर की ठिठुरन ।

सूर्य ढलते-ढलते, शाम होते-होते, रात में
और बढ़ जाती है विकट ठिठुरन ।

बाल अवस्था और बृद्धावस्था में देह को
ललकारती आती निष्ठुर ठिठुरन ।

याद आती बहुत अपनी युवावस्था को
जब यही मन को भाती ठिठुरन ।

ज्वार चाहत की प्रबल इच्छा को भी अब
भाटा बनाती बेरहम ठिठुरन ।

कौन समझेगा प्रेम कविता को जब क्लिष्ट
हिन्दी कही जाती ठिठुरन ।

और भी है बहुत कुछ इस घरा पर उसे भी
यही समझाती रही ठिठुरन ।

राजा और रंक के संघर्ष को भी स्पष्ट कराती
लोकतांत्रिक अमानवीय ठिठुरन ।

भूख सेव्याकुल बस्त्रों के बिना भी रहना रंक
को सदा सिखलाती यही ठिठुरन ।

हो कृषक या श्रमिक सर्वदा सबको हमेशा ही
प्रभावित करती रही यही ठिठुरन ।

मांग सच्ची हो और हो धरना प्रदर्शन तब कुछ
भी कर नही पाती यही ढिठुरन ।

पुरातन से आज तक सबको अपने अनेको रंग
दिखलाती आ रही यही ठिठुरन ।

कौन जाने कब किसी प्रेमी युगल को विरह का
ही मार्ग दिखला दे यही ठिठुरन ।

इसी कारण कहता हूँ मै सदा प्रेम से अपना लो
इसे बना अपनी सहचरी ठिठुरन ।

मां से आशा

क्यों इतनी तुम दूर खड़ी हो,
पास हमारे आ जाओ माता।
शेष नहीं अब कुछ भी पात्र में,
कैसे भूख मिटाऊँ माता।

क्या तुम भीअब तक भूखी हो ?
सत्य मुझे बतलाओ माता।
क्या अभाव में हम सदा जियेंगे,
यों कैसे जी पायेंगे माता।

पिता हमारे कहाँ चले गये है,
जो अब तक नही आये माता।
कथा कृष्ण की मुझे सुनाओ,
पीड़ा में वह ही आते माता।

एक सीत चावल का खाकर,
जो सबको तृप्ता कराते माता।
क्या हमने कुछ पाप किये माँ,
जो अब तक नहीं आये माता।

अब मेरी तो भगवान तुम्हीं हो,
हो राम कृष्ण या वैष्णव माता।
आओ मिल कर सब सह लेंगे,
जब तुम हो साथ हमारे माता।

नारी शोषण शर्मनाक

कुछ तो शर्म करो हे मानव,
क्यों समाज को कुसित करते ।

जिसने जीवन दिया सभी को,
क्यों आज उसी की हत्या करते ।

देती सदा प्रेम जो हम सबको,
काया उसकी ही जर्जर करते ।

शर्म नही उस शासक जन को,
सत्ता का ही उपयोग जो करते ।

ऐसे सभी मनुज दानव दुष्टों की,
हे राम ! क्यों नही तुम हत्या करते ।

कब तक चीरहरण देखोगे कान्हा,
तुम तो पहले देर कभी नहीं करते ।

पुस्तक

बचपन से हमने, पुस्तक से सीखा था,
क,रव,ग को पढ़ना और फिर लिखना,

आदर्श यह सिखाया था,जिसने हमको,
माता- पिता, गुरु जनों की सेवा करना।

सतत निरन्तर हमें, बताती रहती है जो,
कष्टों को सहते जीवन में, जीना मरना ।

राष्ट्र प्रेम का देती भाव, गिर कर उठना,
उठ कर सबको साथ में ले,आगे बढ़ना ।

जीवन बगिया सरसा कहती ,प्रेम से रहना,
और सिखाती धन का अर्जन उद्यम करना।

जाना जिसको पढ पढ़ कर आगे को बढ़ना,
कहते पुस्तक उसे, वही ज्ञानोदय का झरना ।

आओ हम सब गांठ बांध लें, शपथ करें अब,
पुस्तक मित्र बनाकर, जग को ज्योतित करना।

पुस्तक में मिलता है, धन संग्रह का भी साधन ।
सदा सुरक्षित उसको रखती, दुष्टों से क्यों डरना ।

पिंजरे के पंछी

उन्मुक्त गगन में उड़ते जाते,
छूट गये जब पिंजडे के पंछी ।

क्या जाने फिर फंस ना जायें,
सोंच रहे यह पिजरे के पंछी ।

बंदी बनकर सब दुख भोगेगे,
भागे मुक्त हो, पिंजरे के पंछी ।

मानब मन भी तो फंसा हुआ है,
माया के पिंजड़े में हो ज्यों पंछी ।

एक विचार मन में ऐसा भी आता,
जैसे विटिया ही हो पिंजड़े की पंछी ।

कितनी पीड़ा सहती रही जीवन भर,
हो भयाक्रांत सी ज्यो पिंजड़े की पंछी ।

शोषित, तृषित कूर मानव के हाथों में,
छटपटा रही हो, ज्यो पिंजड़े के पंछी ।

आज किसी दयालु जन ने दया करके,
मुक्त कर दिये हैं सब पिंजडे के पंछी ।

आओ नमन करें हम सब, उस मानव को,
उन्मुक्त कर दिये जिसने सब,पिंजड़े के पंछी ।

लक्ष्य

यदि पाना है लक्ष्य, संघर्ष हमें करना होगा ।
जीव जीवंत बनाने को, प्रगति करना होगा ।

गिर गिर कर उठना, सद्‌वृत्ति बनाना होगा ।
बाधाये हों या कांटे,सुद्दढ मार्ग बनाना होगा ।

मातृ शक्ति यदि बनना है, पुत्री पुष्ट बनाना होगा ।
संतुलन बना कर चलने की, आदत बनाना होगा ।

शक्तिस्वरूपा नारी को, बल सबका होना होगा ।
चाहे जैसी कठिनाई हो,सामना स्वयं करना होगा ।

भारत की सशक्त नारी को, अब राष्ट्र शक्ति बनना होगा ।
नव बर्ष मनाते भारत में, अब कुछ रंग नये भरना होगा ।

नारी का संकल्प

कब तक प्रविवंध रहेगा मुझ पर,
कब मै स्वतंत्र हो पाऊँगी ।
कब आओगे मेरे कृष्ण मुरारी,
यातना न और सह पाऊँगी।
शक्ति स्वरूपा बनने को मै अब,

कन्हा की शरण मे जाऊँगी ।
इस कुत्सित समाज को मै अब,
महाकाली बन ठुकराऊँगी ।
अबला का आवरण उतार कर अब,
सबला बन मुक्ता हो जाऊँगी ।

माता का वात्सल्य प्रेम

ममता की छांव में है वालक की वात्सल्यता ।
मां के आलिंगन मे ही है,बालक की वत्सलता ।

प्रकृति का आंचल, जैसे आकाश का बिछौना ।
निष्छल मृगी की गोद में, खिलखिलाता छौना ।

यह शिव की सुन्दरता है, या गौरी की सात्विकता ।
सुख की कोई अगम्य निधि या है कोई उत्सुकता ।

शब्दों की रचना से दूर,कोई अव्यक्त, मुक्त कविता ।
स्नेह, प्रेम, करुणा की, ज्यों सर्वत्र प्रकाशित सविता ।

कर्क चतुर्थी का चन्द्र दर्शन

देव !तुम सदा दया करते रहना।
तुम्हें देख कर हम धन्य हो गये,
करुणा की कृपा बनाये रखना ।
हम दोनों ही तुम् को निहार रहे,
तुम स्नेह सुधा बरसाये रखना ।

चन्द्र तुम तो प्रेम के सागर हो,
प्रियतम को भी सरसाये रखना ।
जब जब संकट का संताप बढ़े,
अपनी शीतलता से बचाये रखना ।

चलनी छिद्रों से अधिक है दोष मेरे,
तुम्ह उन्हें भूल कर अपनाये रखना ।
हम थाली में दीप जला कर बैठे हैं,
तुम मधुधारा भरकर जलापे रखना ।

पूजा, अर्चन का हमको कुछ ज्ञान नही,
फिर भी सदा सदमार्ग दिखाये रखना ।
हम सब भक्त जैसे भी जिस जगह रहें,
उस घर को स्वर्ग जैसा ही बनाये रखना ।

करते प्रणाम हम सब तुमको चंद्रदेव,
अपनपन से हम सबको अपनाये रखना ।

यूँ ही मैं

यूँ तो था मै मीत, हर किसी के मन का,
पर क्या करूँ, अब मैं किसी की माला में,
मनका सा टंक गया हूँ ।

यूँ तो मैं भी था उतुंग लहरों का समंदर,
किन्तु अब तो रामेश्वरम के उदधि सा,
क्लांत, शांत सा हो गया हूँ ।

यँ तो मै भी था उगते सूरज सा नजारा,
किन्तु अब मैं उभरती संध्या काल सा,
चम्पई अंधेरा हो गया हूँ ।

यूँ तो कल तक पहचानते थे लोग मुझको,
किन्तु अब बीते बीत राग सा गुमसुम मैं,
टूटे हुये साज में खो गया हूं।

मन की पीर

का से कहूँ मन की पीर ।
लाख प्रयास करत हूँ निशि दिन,
पर मन अनवरत रहत अधीर ।

या मन में जिसकी छबि उभरत,
उसकी श्याम छटा सो चमकत,
मोहे नाहीं दिखत शरीर । । का से कहूँ..

कभी कभी ऐसो मेरो मन मोहत,
जैसे रुनझुन हों पैजनियां बाजत,

थिरकत हो सम्पूर्ण शरीर ।
अंखियन में छबि आवत जावत,
तब वहन लगत अति नीर ।। का से कहूँ..

कबहुँक मोर पंख सो है उभरत,
कबहुँक दिखत, पीत -पट, चीर ।
जब जब नैना बंद करत हूँ, तब-

तब, बाजत मधुर तान बंशी की,
मोहित मन कर देत अधीर ॥ का से कहूँ,,,

कहत "बिनोद" अश्रु भरि नयनन,
देहु दरश, अति शीघ दया निधि,
अब यह बहुतहि थकत शरीर ॥ का से कहूँ...

हिन्दी - माथे की बिन्दी

लवों पर तैरती हिन्दी,
रगों मे दौड़ती हिन्दी ।

सुन्दर भ्रंगार है यह,
भारत मां के माथ की बिन्दी ।

जिन्दगी का सार है यह,
हमारा संसार है हिन्दी।

बचपन में सीखी, बोली,
बहुत बहुत यह मीठी हिन्दी ।

ना जाने कब बड़े हो गये,
सुन्दर सुन्दर लिखते हिन्दी ।

यही कामना लिये मै जाऊँ,
भारत भाल की बने यह बिन्दी ।

मेरा गांव

जहाँ हरे भरे पेंड़ों पर आकर करते हैं बसेरा,
वह स्वच्छ, सुरक्षित, सुन्दरतम गांव है मेरा ।

जहाँ नदी, तालाव, बगीचों में थलचर डालें डेरा,
वह प्रेम, प्यार, संबंधों का प्यारा गांव है मेरा ।

जहाँ शिक्षा और चिकित्सा के संसाधन करते फेरा,
उत्तम खेती और परिश्रम का प्रतीक गांव है मेरा ।

शैशव,युवा आयु में शिक्षा देता शिक्षक बनकर मेरा,
जीवन जीने का ढंग सिरवाता, ज्ञानी गांव है मेरा ।

जहाँ सोंधी सुगंध मिटी फैलाती,पावन गोधूलि वेला,
शुद्ध दुग्ध गैय्या का हो,वह माखनमय गांव है मेरा ।

कभी कभी दैवी प्रकोप जब पीड़ित मन कर देते मेरा,
सभी एकजुट होकर लड़ते, संघर्षशील गाँव है मेरा ।

यहाँ सभी मिलजुल कर करते, खेती और व्यवसाय,
कोई किसी से द्वेष न करता, संतोषी गांव है मेरा ।

तरुवर की छाया

हरे भरे तरुवर की छाया, देती हमको क्या संदेश ।
सुन्दर,स्वच्छ,सुरक्षित जीवन,जीने का उत्तम संदेश ।

पर्यावरण सुधारो प्रतिजन, यह कर्तव्य पुनीत हमारा ।
साफ सफाई घर रखना, स्वच्छ बने यह गांव हमारा ।

हो मतभेद भले ही लेकिन, सुदृढ़ संगठन बने हमारा ।
जाति पांति, धर्मो के झगड़ों से,रहे दूर समाज हमारा ।

प्रेम भाव से रहना सीखो, गूंजित हो यह संदेश हमारा ।
मिटे अशिक्षा और अविद्या, शिक्षित हो संसार हमारा ।

संस्कृति, कला को कर दें,जीवन अर्पण सदा हमारा ।
अपनी हो पंचायत सुदृढ़, जो करती हो निर्णय प्यारा ।

आरक्षण

यह कैसा आरक्षण मित्रो?
जिसके प्रतिरक्षण में ही हो जाता,
अगणित युवा प्रतिभाओं का भक्षण ।
सोये अब है जिनके भाग्य अनोखे,
शायद ही जागृत कर पाये आरक्षण ।

लेकिन जिसकी मेधा जागृत होती है,
उन क्षात्रों का शोषण करता आरक्षण ।
भारत के अब सामाजिक ताने बाने में,
रखता नही कोई महत्व यह आरक्षण ।

आरक्षण से सोचा, संविधान निर्माताओं ने,
देगा सम्बल दलित युवा को यह आरक्षण ।
पर यह तो फैला सुरसा के मुख सा असीमित ,
बढ़ता जाता जैसे अमिट हो गया आरक्षण ।

पहले आरक्षण का विरोध करते थे जो नेतागण,
आज वही संकल्प साधते, खत्म न होआरक्षण ।
कुंठा और अवसाद ने घेरा लिया है उन सकको,
जिन क्षात्रों का भाग्य बिगाड़ रहा है आरक्षण ।

जो हैं मन की बात में कहते, तुम सब हो मेरे मित्रो,
उनसे सब मिल कर पूछो, यह कैसा आरक्षण मित्रो।

नारी तेरे रूप अनेक

नारी तेरे रूप अनेक ।
तुम नर से नारायण तक हो,
तेरी शरण में देव अनेक ।
तुम श्रद्धा बन विश्वास जगाती,
देती सुन्दर जीवन का संदेश ।

जग जननी माता बन कर तुम,
जगत्पिता की हो सम्बल नेक ।
तुम ही माता बहन भी तुम हो,
पुत्री हो परिवार बनाती अनेक ।

फिर भी अपने ही रक्त से सींचे,
बचपन बच्चों के सुखद अनेक ।
शक्ति स्वरूपा भी बन कर तुमने,
युद्ध भया वह भी लड़े अनेक ।

तुम्ही मन और, अहिल्या भी तुम हो,
इंदिरा ने शत्रु के किये भाग अनेक ।
दुखद बहुत ही, मेरा मन हो जाता है,
जब निर्भया बन जाती बालिका अनेक ।

आओ राम, कृष्ण फिर अब भारत में,
तुम बंधन से मुक्त कर दो नारी को,
देकर अपनी कोर कृपा की टेक ॥

प्रेमी की पुकार

प्रिय तुम कहाँ छुपी बैठी हो।
मैं कबसे तुमको ढूँढ रहा हूँ।
आंख मिचौली खेल रही हो या,

कोई पुराना बदला निभा रही हो।
प्रिय तुम कहाँ छुपी बैठी हो
॥

घर का कोना कोना देखा पर,
नज़र न आयीं कहीं किस दर ।

जाने कैसे ढूँढूँगा तुमको अब,
टूट रहीं हैं आशयें अब सब ।

हे! देव यह अब कैसी कठिन आपकी इच्छा,
जीवन की संध्या वेला में,मत लो गहन परीक्षा॥

सावन आया

सावन आया, आई सखियां सब मिल बोली,
देखो देखो आये बदरा, उमड़ घुमड़ कारे कारे ।
रिमझिम रिमझिम बूंदे टपक रही हैं आंगन में,
तन मन सब हुआ बावरा इस पावन सावन में ।

आंगन के कोने कोने में, लहराती सावन की लहरी ।
प्रियतम मेरा तड़प रहा है,बन कर सीना पर प्रहरी ।
पाती लिख लिख भेज रही हूँ मेघों से अंसअन की ।
शायद तड़पन शांत करे,आंसू की वर्षा प्रियतम की ।

भीगी आंखें देख रहीं है, प्रिय की नीर भरी बदरी को ।
कब आआगे चमक चमक कर,ले सावन में बिजुरी को ।
इस सावन में पैंग लड़ाने को,सखियों ने झूले डाल दिये ।
पर अंबुआ की डाली का झोंका, मेरे नयनों का नीर पिये।

सब कहते हैं सावन आया, नाचे सखियां कर के सिंगार ।
अब तुम्हीं कहो पानी की रिमझिम, मै कैसे करुं सिंगार ।
तन सावन मन भादों जैसा,निशि दिन भारी बरष रहा है ।
मेहदी की लाली को मेरा, भीगा तन- मन तरस रहा है ।

अब एक आसरा कान्हा तेरा, तू ही यह अगन बुझा ले ।
राधा के संग मेरे घर में आकर,अबअपना रास रचा ले ।

घटा और बादल

आओ आज हम सब सावन में बादल हो जायें ।
घिरी घटा, छा गये बादल, कजरारे, काले काले ।
दामिनी को मित्र बनाकर,अंतस को डरपाने वाले ।

नब दम्पति नव युगल जनों के मन सरसाते बादल ।
काली घटा में भर भर मेंघों का जल, वरषाते बादल ।

मन मैं सबके हूक उठाते,दिल वालों के दिल हैं जलाते ।
प्रियतम से मिलने की, प्रेमी जन मन में है आस जगाते ।

बर्ष की रिम झिम बूंदों के जो बने बतासे,हो जाते अंगारे ।
रीते नयन बन गये झिलमिल से, भीगी सी आंखों के तारे।

जब सखियों संग भीगे राधा,कान्हा उन पर बलि बलि जाये ।
योगी, ज्ञानी भी भूल गये सब ,जब घ्यान ही घटा बन जाये ।

प्रेम की परिणति

प्रिये मैं हूँ दीप, तुम शिखा हमारी ।
मैं भी जलता, तुम अ जलतीं, यही है नियति हमारी ।
मेरा मन और तेरा तन,मिल कर बन जाती उजियारी ।

रात घनेरी, तम भी गहरा, ऐसे में है प्रेमी पर पहरा ।
मेरे साथ स्वयंभी तुमने, जल कर प्रेम निभाया गहरा ।

इतना तो विश्वास मुझे है, साथ निभाओगी तुम मेरा ।
संघर्षों की इस बेला में , उभरेंगे हम बन चतुर चितेर ।

बनकर मै दीप, तुम बाती,करें प्रकाशित नभ थल को ।
जग को दे संदेश आज, करो त्याग,त्यागो तुम बल को ।

यूँ ही हम तुम, गलकर, जलकर, देंगे उजियारा जग को।
अमर प्रेम हम कर जायेंगे, ज्योतित कर इस पूरे जग को ॥

बूँद, सीप और मोती

आओ हम मोती बन जायें।
बोली बूँद बूँद से घुल-मिल,

इस काया को आज मिटा दें।
कभी नहीं जो सोचा हमने,

स्वप्न वही हम पूरा कर जायें।
आओ हम मोती बन जायें ॥

यह भी कोई जीवन जीना है,
बूंद बूंद कर यूँ ही मरना है ।

चलें दूर अब इन मेंघों से
सागर के जल में मिल जायें ।

आओ हम मोती बन जायें।।
धरती मां ने सदा सिखाया,

कुछ बनने को बड़ा जगत में ।
त्याग बहुत कुछ करना होगा,

नभ त्यागें,बारिधि में गिर जाये
ऐसा कह कर कूद पड़ी वह,

चाह लिये मोती बनने की ।
स्वागत को नभ की बेटी को,

सीपी को सागर ने भेजा ।
माता बनकर उस सीपी ने,

उस जल कण को लिया गोद में ।
बोली उस जलविन्दु से सीपी,

अब हम मां- बेटी बन जायें
पाल पोष कर सीपी मां ने,

अपना दुग्ध पिला कर उसको,
नित नव रूप निखारा उसका ।

मोती सा चमका कर उसको,
जन्म दिया सीपी ने तट पर ।

अब राह निहार रही मोती संग,
आकर कोई राज कुँवर अब,

बूँद बनी मोती को अपने घर,
जड़ा मुकुट में, संग ले जाये ।
आओ हम मोती बन जायें ॥

श्री कृष्ण जन्माष्टमी

मन भी है मौन मेरा, चित्त भी कुछ अचेत सा है ।
शब्द वाणी से विलग है, नयनों मे भी स्वप्न सा है ।

आहट कुछ चैतन्य जैसी, मेरा मन मोहन जैसा है।
अंधेरा चीरती दैवी किरण,समय जन्माष्टमी का है।

आगमन है कृष्ण का, प्रभु का,जग के कष्ट हर का ।
कष्टों का करता हरण,दौडता जब होता चीर हरण ।
प्रभु आस मे हम मनुज कुछ सत्कर्म भी करते रहें ।

कट जायेंगे बंधन सभी, अडिग विश्वास है मुझको,
यदि कृष्णमय होकर सभी,तम अष्टमी का हरते रहें।

है समझ लेना जरूरी, श्री कृष्ण के जन्म का उद्देश्य ।
प्रेम परिपूर्ण जीवन यज्ञ में,कंस अभिमानी का हविष्य ।

आओ मनायें कृष्ण जन्माष्टमी को, हम प्रेम मय होकर ।
विश्वास रखो, प्रभु मुक्ति देंगे,मन शुद्धकर, पाप धोकर ।

मेरा गीत

मै आज कोई गीत, फिर से, गाना चाहता हूँ ।
मधुर स्वर में उसे मैं, गुन गुनाना चाहता हूँ ।

प्यार का मनुहार का, एक स्वर सजाना चाहता हूँ ।
भरी अंतस मे है वेदनायें, वह सुनाना चाहता हूं ।

तृषित नेत्रों की अनबुझी प्यास, बुझाना चाहता हूँ ।
उठ रही जो नैराश्य लहरी, आस बनना चाहता हूँ ।

जीत कर बाजी कोई उससे, फिर हार जाना चाहता हूँ ।
हारकर भी, जीत उससे, उसे ही हार पहनाना चाहता हूं ।

करूणामयी, ममतमयी मूरत, जो बस रही है आज मन में मेरे,
आयें बिहारी, मन में जिस से, उस राधे को मनाना चाहता हूँ ।

मै आज कोई गीत गाना चाहता हूँ ।

आओ फिर से कोई कोई नवगीत सजायें।
प्राची दिशि से सूरज को लेकर,

पश्चिम दिशि से चंदा को बुलायें ।
पूरब, पश्चिम से उत्तर, दक्षिण तक

भारत को हम सब स्वच्छ बनायें।
सामाज के उपवन मे हम फिर से,

सम रसता के सुंदर पुष्प उगायें।
राजनीति की दुर्बलता में हम तुम,

सुचिता का शुभ विश्वास जगायें।
बालक, युवा और सब जन जन में,

रिश्तों का प्रेम भरा संसार संजायें ।
आओ आज फिर सब मिल जुल कर,

विश्व भर में भारत को सम्मान दिलायें।
आओ फिर से कोई नव गीत सजायें।।

जाड़े की धूप

धूप जाड़े की या किसी के अरमानों की महक है ।
ठिठुरन जब शीत की हो, तब उम्मीदों की धूप है।

या किसी शीत सताये प्रियकी, गुनगुनाती धूप है।
प्रेमका प्रस्फुटन है यह या,जाड़े का संगीत धूप है।

याद आती आज भी धूप में छुटपन की, मुंडेर पर,
बैठ उसके संग, यह नैनों से बतियां लड़ाती धूप है।

कभी लगता प्रतिमान सी, नंगे बदन की यह धूप,
जिसके लिये सबकुछ यह, जाड़े की ही गर्म धूप है।

या किसी वस्त्र हीन दीन जन के प्राणों को बचाती,
सूरज के सुनहले आवरण सी, यह जाड़े की धूप है।

अथवा कहो यह किसी, भोर होते, जागते भक्त की,
आराधना के फल रूप, भगवत्कृपा, जाड़े की धूप है।

www.ingramcontent.com/pod-product-compliance
Lightning Source LLC
LaVergne TN
LVHW050855051026
849532LV00006BA/2257
* 9 7 8 9 3 6 4 3 1 7 6 8 9 *